A FUOCO LENTO

Il Fuoco della Passione

J.H. CROIX

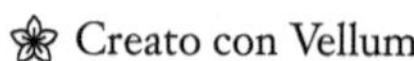 Creato con Vellum

Capitolo Uno

MAISIE

"Dunque, vediamo se ho capito bene. Il suo gatto è rimasto bloccato su un albero, quindi ha usato il suo escavatore per salvarlo?" chiesi.

"Sì, è quello che ho appena detto," spiegò Carrie Dodge, in tono esasperato.

Per il momento ero riuscita soltanto a farmi dare il suo nome. La signora ancora non mi aveva spiegato perché avesse telefonato alla caserma di Willow Brook.

"Quindi il suo gatto sta bene?"

Prima di rispondere alla mia domanda, Carrie sospirò. "Herman sta bene. Il problema ce l'ha l'escavatore."

Quando avevo risposto un minuto prima, Carrie mi aveva spiegato la situazione in fretta e furia e non ero riuscita a cogliere molto, tranne il fatto che c'entravano un albero, un gatto e un escavatore.

"Mi dica cos'è successo al suo escavatore."

Mi aspettavo che la macchina avesse un nome, visto che in Alaska la gente ne dava sempre uno ai suoi attrezzi e a cose del genere. Vivevo lì solo da due anni, ma avevo imparato presto che alcune cose venivano reputate più importanti di altre. Le automobili scintillanti — non molto. Gli escavatori e l'attrezzatura da pesca — valevano un capitale.

"Oh, beh, all'inizio era a posto. L'ho avvicinato all'albero ed Herman è salito senza problemi sulla cucchiaia. L'ho riportato a terra e, quando l'ho girato, mi sono dimenticata che vicino c'era un fosso e c'è caduto dentro. Io sono bloccata all'interno," spiegò Carrie.

E con una certa calma, aggiungerei. Fino a quel momento, non mi aveva ancora detto che era rimasta coinvolta nell'incidente e che non vi aveva soltanto assistito.

Premetti il pulsante di allarme sulla scrivania per avvertire la squadra di turno. Nel frattempo, avrei tenuto in linea Carrie finché non fossero arrivati a soccorrerla. Avevo già aggiunto le sue coordinate al nostro sistema. Alla velocità della luce, compilai un rapporto sulla situazione per i ragazzi.

"È ferita?" chiesi a Carrie. Se stava bene, allora sarebbe quasi stato divertente pensare che si era dimenticata di menzionare sin da subito la sua situazione. All'inizio ero preoccupata per il gatto, poi per l'escavatore, ma udite udite, quella nei guai era proprio lei, rimasta intrappolata nell'escavatore caduto in un fosso.

"Credo di sì," rispose Carrie sospirando. "Herman mi sta guardando dal finestrino. Mi fa un po' male la spalla."

"Le dispiacerebbe darmi alcune informazioni mentre la squadra di soccorso è in viaggio verso di lei?"

"Direi di no," rispose Carrie con un altro sospiro.

Sentii aprirsi la porta del garage della caserma di Willow Brook e poi la squadra partire a sirene spiegate. Pochi secondi dopo, dalla finestra vidi passare un'ambulanza con un camion dei pompieri al seguito.

Con tutta la calma del mondo, Carrie rispose a ciascuna delle mie domande, sbuffando qua e là. Ma sicuramente non ero tanto io a infastidirla, quanto la sua situazione.

Dalla radio sentii che la squadra si trovava a tre minuti dalla scena. Ero l'unica centralinista della caserma di Willow Brook, un piccolo paesino situato in una vallata ai piedi della Catena dell'Alaska. Per via della prossimità ad Anchorage e della sua centralità, la sua caserma rappresentava uno snodo importante dello stato. Vi erano stazionate tre squadre: due sempre pronte a partire per le emergenze e una locale. Avevano ricevuto tutte un intenso addestramento "hotshot", un lavoro duro e massacrante. Le squadre hotshot venivano inviate a domare gli incendi più disastrosi e remoti del paese. La geografia stessa dell'Alaska la rendeva vulnerabile a numerosi e vasti incendi. Le squadre di Willow Brook si occupavano soprattutto del territorio dello stato, ma andavano dove venivano chiamati. Quando non erano impegnati con qualche incendio boschivo si occupavano dei più comuni problemi del nostro paesino.

Rimasi al telefono con Carrie finché non sentii arrivare i soccorsi. Non appena terminai la telefonata vidi che qualcuno della squadra stava provando a contattarmi.

"Sì?"

"Ehi, Maze. Quindi quale sarebbe l'emergenza? Il gatto o l'escavatore?" chiese Beck Steele.

Soltanto la sua voce mi diede sui nervi. Beck riusciva sempre a farmi innervosire. Immaginai il sorriso compiaciuto che doveva avere sulle labbra.

Digrignando i denti, provai a restare calma e professionale.

"Nessuno dei due. Carrie, la signora che ha telefonato, è rimasta bloccata nell'escavatore. Non sei sulla scena?" chiesi, fiera di me per essere riuscita a restare perfettamente impassibile.

"Non ancora. Comunque i ragazzi hanno confermato che sta bene. Senti, ma quindi il gatto cosa c'entra?"

"Il suo gatto era rimasto intrappolato su un albero. Ha usato la cucchiaia dell'escavatore per farlo scendere, ma poi è finita in un fosso," gli spiegai.

"Ma certo. Perché mi sembra logico usare un escavatore per salvare un gatto da un albero," disse con una risata, in tono asciutto.

Beck riusciva sempre e comunque a farmi infuriare. Non riuscii a trattenermi dall'esprimere la mia opinione.

"A me non sembra poi una così cattiva idea. Cioè, alla fine è riuscita a salvare Herman," replicai.

"Herman?"

"Il gatto. Si chiama Herman," spiegai.

Un'altra risata di Beck mi scatenò uno stormo di farfalle nello stomaco. Per quale motivo mi stavo mettendo a discutere con lui su una cosa così banale?

"Quindi come posso aiutarti?" sbottai.

"No, niente. Grazie per la chiacchierata, Maze," rispose.

E così mi chiuse il telefono in faccia. Ero convintissima che usasse quel nomignolo soltanto per farmi infuriare. Provai a levarmelo dalla testa, mi sistemai le cuffie e trascrissi subito la telefonata nel nostro sistema. Stranamente, ero proprio curiosa di sapere come stesse Carrie. Ero rimasta particolarmente colpita dalla sua imperturbabilità e volevo assicurarmi che stesse bene.

Mentre la squadra era sul posto risposi a qualche altra telefonata. Allo scoccare dell'ora non erano ancora tornati e il call center di Anchorage subentrò nella nostra linea per la mia pausa. Ancora non avevo ricevuto notizie su Carrie. Purtroppo non potevo contattarc la squadra, quindi non potevo fare altro che aspettare. Spensi il computer e mi diressi in sala relax.

Due delle nostre squadre erano partite nel bel mezzo del nulla per domare due incendi in zone remote dell'Alaska. Dato che anche quella locale stava lavorando, il retro della stazione era deserto. Mi sentivo lurida perché quella mattina avevo cambiato l'olio del vecchio pick-up che mi aveva lasciato mia nonna. Un vantaggio del mio lavoro era quello di avere a disposizione un garage enorme e strumenti a volontà. Alla manutenzione dei mezzi provvedevano le squadre stesse. Tra tutti quegli uomini c'era soltanto una donna, Susannah Gilmore. Faceva anche parte della mia ristretta cerchia di amici. Mi aveva da poco insegnato a cambiare l'olio alla macchina, quindi quella mattina avevo deciso di provarci quando ero sola. Avrei preferito averla lì con me perché non me la sentivo di chiedere l'approvazione di uno dei ragazzi.

Ma a prescindere dal cambio dell'olio, una doccia non avrebbe fatto male. Era da più di una settimana che stavo convivendo con lo scaldabagno rotto. Di fare la doccia fredda non se ne parlava proprio, quindi ne approfittavo ogni volta che ne avevo la possibilità. Decisi di fare in fretta per non rischiare che tornasse qualcuno. Però la squadra non si era ancora fatta sentire e probabilmente ne avrebbero avuto ancora per un bel po'.

Pochi minuti dopo, mi stavo lasciando cullare sotto

la cascata di acqua calda della doccia. Lì la pressione era fenomenale e avrei tanto voluto averla anche a casa della nonna. Al pensiero mi si strinse il cuore. In realtà era casa mia perché mia nonna me l'aveva lasciata in eredità, ma ancora non riuscivo a sentirla tale. Sapeva troppo di lei. Allontanai quei pensieri cupi e iniziai a insaponarmi. All'improvviso, mentre mi stavo sciacquando i capelli sentii una voce.

"Ma che..."

Aprii gli occhi e vidi Beck all'ingresso delle docce. Forse mi ero dimenticata di aggiungere che Beck era l'uomo più sexy e mozzafiato che avessi mai conosciuto. Ed era lì davanti a me, in tutta la sua gloria. Indossava ancora l'uniforme, ma si era già tolto la maglietta. I suoi riccioli corvini erano un disastro e aveva le guance e le braccia sporche di terra. Il suo petto era un capolavoro — tutto muscoli scintillanti, perfettamente scolpito e duro come il marmo. La tuta da lavoro poggiata sui fianchi era come un invito a guardare ancora più giù.

Lo stavo fissando così intensamente che da stupida quale ero mi dimenticai di essere completamente nuda. Beck strabuzzò gli occhi e rimase a bocca aperta. Quando la richiuse, i suoi meravigliosi occhi verdi mi squadrarono dalla testa ai piedi. Mi sembrò quasi di vederli accendersi di desiderio. Ma era follia pura, e io ero nuda.

Capitolo Due

BECK

Maisie Rogers era sotto la doccia — il suo corpo incantevole in bella mostra. Non potei fare altro che seguire ogni curva con lo sguardo. Bolle di sapone le accarezzavano la pelle. Oh, quanto ero invidioso di quelle bolle.

Per la miseria. Ero rimasto paralizzato. I suoi riccioli bruni le ricadevano bagnati sulle spalle, quasi allisciati dall'acqua ma comunque indomabili. I suoi grandi occhi marroni per poco non le stavano uscendo dalle orbite. Oh, ci avrei scommesso che Maisie avesse un corpo da favola, ma nascondeva tutto quel ben di Dio sotto magliette e jeans. Il suo seno — porca troia, il suo seno. Era sodo e pieno, con capezzoli rosa scuro. Nonostante mi trovassi a più o meno tre metri di distanza da lei, ero quasi sicuro che le si fossero inturgiditi i capezzoli, mentre io la ammiravo a bocca aperta.

Aveva la vita stretta e i fianchi larghi. In neanche un secondo mi venne duro. Immaginai le mie dita affondate nei suoi fianchi, mentre la morbida carne del suo sesso mi accoglieva dentro di sé. All'improvviso, lanciò un urlo e si voltò dall'altra parte. Ma purtroppo per lei, non risolse molto. Anzi. Il fondoschiena era invitante come tutto il resto. Non mi erano mai piaciute le donne magre. Erano troppo... beh, magre. Preferivo avere qualcosa da stringere. E Maisie aveva delle curve da urlo, perfette per le mie mani.

"Ti dispiace?" sbottò, continuando a darmi le spalle.

La sua voce era ovattata dall'acqua, ma la sua scontrosità mi raggiunse forte e chiara. Quando si arrabbiava così, era impossibile resistere alla tentazione di continuare a stuzzicarla.

"Non mi dispiace affatto. Nemmeno un po'," risposi, trascinando le parole.

Era la verità. Sarei potuto restare lì a guardarla tutto il giorno. E fosse stato per il mio uccello, non mi sarei soltanto limitato a osservare.

"Oh, mio Dio," borbottò. "Ti prego, Beck."

Non sembrava più arrabbiata ma direi piuttosto sconvolta, quindi non lo trovai più tanto divertente. Mi resi conto solo in quel momento che gli altri ragazzi sarebbero arrivati da un momento all'altro. Non volevo che nessun altro la vedesse così. Nonostante quella donna fosse bravissima a farmi impazzire, mi ero sempre sentito protettivo nei suoi confronti. Ma in quel momento, sentivo di dover rivendicare la mia territorialità. Non volevo che qualcun altro vedesse il suo corpo meraviglioso.

"Esco subito. Tengo fuori anche gli altri," le dissi, costringendo i miei piedi ad allontanarsi.

Dopo essermi fatto la doccia con la squadra, mi avviai al banco dell'accoglienza. Meglio parlare subito con Maisie e strappare via il cerotto. Superata la porta basculante, la vidi concentratissima al computer.

Quando aveva iniziato a lavorare alla caserma si

comportava da vera stronza con tutti, ma aveva sempre svolto il suo lavoro in modo accurato e professionale. Quindi avevamo deciso di tenerla con noi, tanto per quello quanto per il ricordo di sua nonna. Carol Roger era stata la nostra centralinista per decenni. Quando aveva chiesto al capo della polizia di assumere Maisie, lui aveva accettato senza esitare. Maisie era una gran lavoratrice e la rispettavo molto. Ero riuscito a tenere a freno per due anni il desiderio represso che suscitava in me. E dopo averla vista nuda, la situazione sarebbe senza dubbio degenerata.

Appoggiai i gomiti sul bancone attorno alla sua scrivania. "Allora, Carrie Dodge sta bene," dissi, iniziando la conversazione con un argomento neutrale nel tentativo di superare sin da subito l'imbarazzo.

Maisie sollevò lo sguardo. "Oh, bene! Ci avete messo un po'. Cos'è successo?"

Mi feci una risata. "È stato difficile mettere in sicurezza l'escavatore per poterla tirare fuori. Si è rotta la clavicola e il gomito, quindi l'hanno trasportata in ospedale. Ancora non capisco come ci sia riuscita, ma quel cavolo di escavatore era sdraiato su un fianco. Se non ci fosse stata lei dentro sarebbe stata una passeggiata, ma dato che era bloccata in un angolo della cabina abbiamo dovuto procedere con cautela. Ci siamo dovuti ingegnare per tirarla fuori."

Maisie sorrise. "Avresti dovuto sentirla quando ha chiamato. Mi ha parlato della sua situazione solo dopo qualche minuto di telefonata."

"Non mi sorprende affatto. Carrie è abituata a fare tutto da sola. Era più arrabbiata di aver dovuto chiamare aiuto che altro."

"Beh, mi fa piacere sapere che sta bene."

Dopodiché, Maisie si rigirò verso lo schermo e iniziò a giocherellare nervosamente con un braccialetto. Si prese tra i denti il labbro inferiore, iniziando a mordicchiarlo. Il mio piano di glissare sulla faccenda era andato in fumo. Due anni passati a sopprimere l'attrazione verso di lei, ma l'avevo appena vista completamente nuda, cazzo.

"Scusa per prima. Ma poi perché cavolo ti stavi facendo la doccia qui?" decise di chiederle il mio cervello, tuffandosi proprio nell'argomento che avrei preferito evitare.

Arrossì e tenne lo sguardo dritto sullo schermo del computer. "Mi si è rotto lo scaldabagno," mormorò.

Perfetto. Almeno potevo concentrarmi su qualcos'altro e smettere di pensare al suo corpo nudo e alla mia erezione.

"Beh, e perché non te lo fai aggiustare?" le chiesi, trovandola la cosa più logica da fare.

I suoi grandi occhi marroni sfrecciarono di nuovo sui miei. Porca miseria. Era bellissima e neanche se ne rendeva conto. Aveva una chioma ribelle che riusciva a malapena a domare in una coda di cavallo e ciglia lunghe e folte. Delle lentiggini le punteggiavano la pelle chiara.

"Non saprei chi contattare," rispose infine.

"Ma dai, Maisie. Lo sai benissimo che puoi chiedere a uno qualunque di noi. Che ne dici se passo domani? Posso dare un'occhiata per capire qual è il problema. Se è da buttare, posso aiutarti a montarne uno nuovo."

Continuava a mordicchiarsi il labbro con quei suoi denti leggermente storti, giusto il tanto da rendere più accattivanti i suoi rari sorrisi.

"Ho paura costi troppo," aggiunse infine.

Ah. Dunque Maisie stava cercando di risparmiare, perché sicuramente non guadagnava certo una fortuna.

Dalla morte di sua nonna era rimasta completamente sola. Mi si strinse il cuore, ma decisi di ignorarlo.

"Dai, magari riesco ad aggiustartelo io, ok?"

Incrociò il mio sguardo, le guance ancora rosee, e infine annuì. "D'accordo."

Mi spinsi via dal bancone e mi avvia verso l'uscita, ma la sua voce mi fermò appena prima che superassi la porta.

"Beck?"

Mi voltai.

"Grazie", disse.

Non aggiunse altro, ma sorrise. Ci volle tutta la mia forza di volontà per non girarmi e fiondarmi da lei a baciarla.

Capitolo Tre

MAISIE

Dopo aver asciugato il bancone della cucina appesi lo straccio alla maniglia del forno e mi guardai intorno. La cucina luminosa e spaziosa della nonna portava al soggiorno, che si apriva su una veduta mozzafiato del lago di Swan e del Denali, la vetta più alta del Nord America. La casa era stata costruita in modo da trarre il massimo vantaggio dalla bellezza naturale che la circondava. La zona cucina e quella giorno erano rivolte verso il lago e le montagne, con pareti finestrate che si alzavano fino al secondo piano. Sul retro c'erano un balcone e un breve corridoio che portava alle due camere da letto e al bagno. Perfino nelle corte giornate invernali, dalle finestre filtrava tutta la luce possibile.

La cucina era separata dal soggiorno da una penisola curva con il piano di lavoro verde salvia ed elettrodomestici moderni in acciaio inox. Il legno chiaro del parquet di betulla donava maggiore luminosità allo spazio, mentre diversi tappeti sparsi per il soggiorno davano un tocco di colore. Lì dentro era tutto quanto di mia nonna. Aveva rimodernato la casa giusto qualche anno prima di morire, quindi lo stile era al passo coi tempi. L'esterno era rivestito da tavole di legno di cedro e su tre lati era circondata da una pedana. Seduta lì fuori potevo osservare il lago che mi si parava davanti, girarmi verso il campo fiorito da un lato o la foresta sempreverde dall'altro.

Non avevo mai vissuto in un posto così delizioso. Avevo soltanto bei ricordi di quando da piccola andavo a fare visita a mia nonna. Mia madre era morta di infarto quando avevo soltanto tre anni. Aveva un difetto congenito a una valvola cardiaca non diagnosticato. Mio padre si era così ritrovato a dovermi crescere da solo, ma oltre a mantenermi non era mai stato molto presente. Non so perché non avesse direttamente ceduto la custodia a mia nonna. Mi aveva trascinata da una parte all'altra sin da bambina e non eravamo rimasti più di un anno da nessuna parte. Arrivata alle superiori, avevo smesso di provare a farmi qualche amico perché tanto non ne sarebbe valsa la pena.

Due anni prima, mia nonna era morta e mi aveva lasciato tutto in eredità. Dato che mia madre era la sua unica figlia non aveva altri parenti diretti oltre me. Nonostante l'avessi vista fin troppe poche volte, era sempre stata il mio punto di riferimento. Quando si era ammalata avevo messo da parte tutti i miei risparmi per un volo dalla California all'Alaska. Ero riuscita a passare qualche settimana con lei in casa di cura prima che morisse. Ero partita esclusivamente per vederla e ai tempi non avevo nessun progetto di vita né soldo in tasca.

Non mi sarei mai aspettata che mi avrebbe lasciato tutto: la casa, i dieci acri di terreno che la circondavano, un pick-up, una macchina, tutti gli attrezzi in garage e mobilia e accessori della casa. Avevo ereditato anche altri cinquanta acri di terra in una riserva protetta che sarebbero dovuti rimanere incontaminati per sempre. L'avvocato di mia nonna mi aveva anche informata di un fondo fiduciario a cui avrei potuto accedere soltanto al compimento dei venticinque anni. Ma non me ne fregava proprio niente.

Quel pomeriggio ero rimasta assolutamente senza parole per lo shock. Due amici di mia nonna, il capo della polizia Rex Masters e Janet James, mi avevano trascinata all'ufficio dell'avvocato. Ero arrivata senza un soldo e senza un tetto sopra la testa perché non potevo permettermi il viaggio di ritorno. Un'ora dopo, ero uscita con più averi di quanti avrei mai potuto immaginare. E come se non bastasse, il capitano Masters mi aveva offerto il vecchio lavoro di mia nonna alla caserma dei vigili del fuoco. Secondo me era stata mia nonna a chiederglielo come favore, ma gliene fui comunque molto grata. Avevo terribilmente bisogno di un lavoro.

Per miracolo, a scuola avevo sempre voti alti ed ero riuscita a ottenere una borsa di studio per l'università. Prima di trasferirmi a Willow Brook ero riuscita a portarmi a casa una laurea in biologia e mi facevo il culo lavorando in un bar per poter seguire un corso a semestre per diventare paramedico. Al bar la paga non era delle migliori. Nemmeno alla caserma guadagnavo una fortuna, ma almeno avevo turni fissi e buoni benefit. Alla fine, quel lavoro si era rivelato perfetto per le mie esigenze e il mio tenore di vita era migliorato esponenzialmente.

Mi guardai intorno, chiedendomi cosa ne avrebbe pensato Beck della casa. Solo pensare a lui mi fece arrossire violentemente. Quando mi aveva chiesto perché mi stessi facendo la doccia alla stazione pensavo che sarei morta per l'imbarazzo. Speravo che potessimo andare avanti con le nostre vite fingendo che non mi avesse vista nuda. Ma poi si era offerto di aiutarmi con lo scaldabagno.

Nonostante vivessi a Willow Brook ormai da due anni, ancora non ero riuscita a integrarmi del tutto. Ero abituata a sentirmi l'esclusa e a fare affidamento soltanto su me stessa. Mi ero sempre fatta gli affari miei e non avevo mai potuto frequentare nessuno troppo a lungo. Ma lì, tutti conoscevano la nonna. Anche se mi conoscevano appena, mi trattavano come una di famiglia. Era così strano. Ovviamente volevano soltanto essere gentili, ma non ci ero abituata e non sentivo di meritarmelo.

Controllai l'ora sul bizzarro orologio di mia nonna, che aveva un corvo sullo sfondo e riproduceva il verso dell'uccello ogni ora. Oh, merda. Beck sarebbe arrivato a momenti.

Calmati, Maisie. Sta venendo soltanto ad aggiustare lo scaldabagno.

Ehm, sì. Ma mi ha vista nuda. Completamente nuda.

E, cazzo, quanto è figo.

Non riuscivo a togliermi dalla testa il suo petto nudo. Era dal giorno prima che continuavo a fantasticare sul suo corpo. Quanto avrei voluto poterlo sentire premuto contro il mio. Al pensiero, una violenta vampata di calore mi pervase. Oh, merda. Dovevo darmi un contegno. Una ragazza come me Beck non l'avrebbe mai neanche guardata. Eravamo su mondi completamente diversi. Santo cielo, lui sembrava quasi uno di quei modelli che posano per i calendari, mentre io non ero niente di che.

Dovevo smetterla di fantasticare su di lui. Certo, era un bravo ragazzo, ma pure un donnaiolo. La sua reputazione lo precedeva. La sua stagione preferita era l'estate, perché data l'affluenza di turisti poteva frequentare ogni settimana una ragazza diversa. E sicuramente lo faceva davvero.

Ma era tempo di riportare i piedi per terra. Non potevo permettermi di fantasticare su un mio collega. Anzi, tecnicamente era un mio superiore. Alla caserma comandavano il capitano Masters e i tre sovraintendenti delle squadre. Stava passando soltanto per aiutarmi con lo scaldabagno. Tutto lì. Non vedevo l'ora che tornasse l'acqua calda in casa. Per quanto non mi facessi mai mancare nulla non avevo moli soldi da parte, quindi comprare uno scaldabagno nuovo sarebbe stato un problema.

Quando sentii bussare alla porta venni riportata alla realtà. Mi girai e corsi alla porta della cucina. La aprii e mi mancò il fiato appena vidi Beck. I suoi riccioli neri arruffati scintillavano alla forte luce del sole pomeridiano. Il suo solito sorriso seducente gli stropicciava gli angoli degli occhi. Sbandierava quel sorrisetto ai quattro venti, quindi non mi ero mai illusa fosse rivolto a me. Probabilmente quell'uomo ci avrebbe provato perfino con un sasso, se ne avesse avuto l'occasione.

"Ehi, Maze," disse entrando in casa.

Era l'unica persona a chiamarmi con quel soprannome, che allo stesso tempo odiavo e amavo.

Posai lo sguardo sulla sua moto, il sole riflesso sul manubrio. Si addiceva decisamente alla sua personalità — semplice e nera, ne aveva decisamente passate di tutti i colori. Un uomo come lui non se ne faceva niente di una moto sfarzosa.

Beck indossava una maglietta blu marino con dei jeans neri e degli stivali in pelle che avevano visto giorni migliori. I vestiti facevano risaltare i muscoli possenti. Aveva un fisico da urlo, ma non per ostentarlo. Era il frutto del suo duro lavoro, visto che gli hotshot dovevano essere sempre in perfetta forma fisica. Era questione di vita e di morte per sopravvivere nella natura selvaggia in condizioni massacranti, lavorando ininterrottamente per giorni.

Si appoggiò al bancone, con in mano una borsa degli attrezzi di tela. Mentre si guardava intorno, il suo sorriso si spense. "Accidenti, l'ultima volta che sono stato qui Carol era ancora viva. Non è cambiata di una virgola," mormorò, riportando lo sguardo su di me.

Deglutii nervosamente e mi sforzai di non arrossire. Santo cielo, quell'uomo riusciva sempre a farmi impazzire. Quando incrociò il mio sguardo, il mio stomaco fece una capriola. Il fatto che mi avesse vista completamente nuda rendeva tutta la situazione fin troppo intima. Non ero certo una santarellina, ma che fosse stato proprio lui a trovarmi lì mi irritava da morire. Fosse stato chiunque altro, sicuramente prima o poi l'imbarazzo sarebbe scomparso. Soltanto Beck mi faceva quell'effetto.

Riuscii ad annuire mentre continuava a guardarmi. "Già, non ho cambiato niente. Non vedo perché dovrei."

Esitò un attimo, poi si strinse nelle spalle. "Hai ragione. Ti manca?"

La sua domanda mi prese alla sprovvista, ma annuii quasi senza pensarci. "Sì. Sì, mi manca."

Rimase in silenzio, lo sguardo cupo. Cercai di ricordarmi l'ultima volta che l'avevo visto così mesto. Probabilmente mai.

"Mi dispiace," disse infine. "È terribile perdere qualcuno a cui teniamo tanto. Carol era un po' la nonna di tutti, in caserma. Manca anche a me."

Molti ragazzi mi avevano detto più o meno la stessa cosa. Ogni volta questi commenti mi trasmettevano un forte senso di orgoglio misto a tristezza — orgoglio perché aveva conquistato il cuore di così tanta gente e tristezza perché avrei tanto voluto poter passare più tempo insieme a lei. Nonostante fosse mia nonna, a Willow Brook tutte le persone nella sua cerchia l'avevano vista molto più di quanto non avessi fatto io.

Il caso aveva fatto incrociare le strade di mia madre e di mio padre, ai tempi un ragazzo spensierato che preferiva le avventure alle storie serie. Era facile immaginare perché fosse attratta da lui. Aveva soltanto diciotto anni — giovanissima e impaziente di lasciare il suo piccolo nido, Willow Brook. Invece lui era non era altro che un uomo irresponsabile e piuttosto immaturo. Eppure, era riuscito a sedurre una quantità spropositata di donne con il suo fascino e l'illusione di condurre una vita piena ed entusiasmante. In poche parole, mia madre provò qualcosa per lui, amore o desiderio che fosse, e poi morì molto lontano da Willow Brook, lasciandomi da sola con mio padre. Avrei venduto l'anima per passare più tempo con mia nonna, ma perlomeno eravamo riuscite a passare qualche settimana insieme prima che morisse. Sicuramente non si aspettava che la sua eredità mi avrebbe cambiato la vita. Non avevo mai potuto mettere radici da nessuna parte, ma finalmente mi si era presentata l'occasione perfetta. Mia nonna era sempre stata il mio punto di riferimento e la sua casa era diventata la mia.

Non mi ero resa conto di essermi persa tra i miei pensieri su mia nonna. Beck si schiarì la gola. Riportai lo sguardo su di lui, sorpresa dall'intesa che vidi riflessa nei suoi occhi. Mi ero quasi dimenticata quello che aveva appena detto.

"Sì, immagino. Me l'hanno detto in tanti in

caserma. So di non aver preso nessuno dei suoi modi materni."

Sfoderò un sorrisino storto. "Già, ma non ti donerebbero proprio. Ci piaci così come sei. Ci tieni sempre con i piedi ben ancorati a terra e sai fare dei brownies stellari. Se Carol fosse ancora qui con noi, mi toccherebbe dirle che i tuoi sono i migliori."

Non riuscii a trattenere una risata. Era stato bravissimo ad alleggerire l'atmosfera. Non poteva saperlo che per me era molto più complicato ricordare mia nonna. Ogni volta che pensavo a lei riaffiorava anche quel passato che avrei preferito lasciarmi alle spalle.

"D'accordo, adesso fammi un po' vedere lo scaldabagno," disse Beck, spingendosi via dal bancone.

"Ok, seguimi," dissi, superandolo per arrivare alla porta sul retro della cucina.

Entrammo nel bagno di servizio, che fungeva anche da lavanderia, e ci avvicinammo allo scaldabagno guasto. Beck ci si mise davanti e iniziò ad armeggiare con i suoi attrezzi. Il bagno risultava piccolo, la maggior parte dello spazio occupato da scaldabagno, lavatrice e asciugatrice. Così vicini in quello spazio ristretto, il cuore mi martellava con forza nel petto, mentre uno stormo di farfalle mi svolazzava nello stomaco. Però volevo comunque restare a osservarlo e imparare da lui, per poter in futuro occuparmene da sola.

Dopo qualche minuto, si girò a guardarmi con un sorrisetto. Cristo Santo. Non poteva sorridermi in quel modo. Mi faceva impazzire. Per l'appunto, in neanche un secondo una vampata di calore mi pervase e sentii il viso in fiamme. Ma con lui era sempre stato così, riusciva sempre a farmi arrossire come niente.

"È una cavolata," annunciò prima di piegarsi all'indietro per prendere la borsa degli attrezzi.

Anche se il mio corpo era troppo impegnato a reagire alla presenza di Beck, come sempre, ero determinata a capire il problema. "Cos'ha?" gli chiesi, inginocchiandomi al suo fianco per osservare meglio.

"Si è bruciata la resistenza. Ne ho portata una nuova," disse tirando fuori qualcosa dalla borsa.

Era molto rapido. Per poter vedere quello che stava facendo avrei dovuto sbirciare da dietro una spalla, ovvero avvicinarmi sin troppo. Mi alzai in piedi e mi appoggiai alla parete, infastidita da me stessa perché con lui non riuscivo mai a controllarmi.

"Mi sembri turbata, Maisie," commentò Beck mentre continuava ad armeggiare. "Di che ti preoccupi? Fra poco avrai di nuovo l'acqua calda."

"Volevo vedere quello che stai facendo così la prossima volta posso aggiustarlo da sola," gli dissi, stupendomi della mia stessa franchezza. Cercavo sempre in tutti i modi di arrangiarmi da sola, ma non mi piaceva ammetterlo.

Finì quello che stava facendo e chiuse lo sportello dello scaldabagno. Si alzò in piedi, rimise gli attrezzi nella borsa e gettò nel cestino vicino al lavandino la confezione di quella cosa che aveva portato. Mi guardò. Mi sentii quasi soffocare in quello spazio minuscolo. La sua presenza era troppo ingombrante. Era un uomo che sprizzava virilità da tutti i pori.

I suoi profondi occhi verdi mi studiarono il volto. "Se lo scaldabagno si rompe di nuovo, ci penso io ad aggiustarlo," disse senza mezzi termini.

Perché, perché il mio cuore iniziò a martellare all'impazzata a quel suo semplice commento? Avevo sempre fatto in modo di non dipendere da nessun altro perché, beh, la vita mi aveva insegnato che potevo contare soltanto su me stessa. Ma una parte di me, una che fino a quel momento non sapevo neanche esistesse, si emozionò al pensiero che almeno avevo Beck su cui fare affidamento. Anche se si trattava solo di dover riparare lo scaldabagno. Quel piccolo commento di quel grande uomo bastò a farmi eccitare. Follemente.

Capitolo Quattro

BECK

Maisie si morsicò il labbro. Maledizione. Vederla così agitata e inquieta mi stava facendo impazzire. Dovetti trattenermi dal fare qualcosa di stupido, come abbracciarla. Beh, in realtà me la sarei pure voluta scopare e non riuscivo a togliermi dalla testa quel capolavoro del suo corpo nudo insaponato.

Era appoggiata contro la parete del bagno, i riccioli indomabili raccolti in una coda di cavallo. Aveva le guance rosse e gli occhi marroni ancora più grandi del solito. Nessuna donna mia aveva mai fatto sentire così turbato, rincretinito. Come per esempio in quel momento. Grazie al cielo potevo coprirmi l'erezione pulsante con la borsa degli attrezzi. La sentivo premere contro la zip dei jeans.

Ero lì soltanto per un motivo — aggiustare lo scaldabagno. Visto che ormai l'avevo fatto, me ne sarei dovuto andare subito. Invece, mi resi conto che era la prima volta che ci trovavamo completamente soli. Certo, anche in caserma ogni tanto ci eravamo ritrovati solo io e lei, ma in giro c'era sempre stato anche qualcun altro. Perfino il giorno prima, quando avevo visto il suo corpo nudo sexy da morire sotto la doccia, i miei ragazzi erano giusto nella stanza accanto.

Ma in quel momento c'eravamo soltanto noi due. Indossava una maglietta grigia con un motivo di fiori viola e dei pantaloni in cotone larghi e neri. Niente di speciale. Però Maisie era una ragazza formosa, con curve che erano rimaste bene impresse nella mia mente. La maglietta era tesa sul seno e i fianchi prosperosi riempivano perfettamente i pantaloni di cotone. Avrei tanto voluto afferrare il cordoncino di quei pantaloni per attirarla a me.

Ma il mio corpo agì di sua iniziativa. Lasciai cadere a terra la borsa degli attrezzi e afferrai il cordoncino di cotone per fare esattamente quello. Lo spazio era minuscolo, quindi non c'era stato bisogno di tirare molto.

Le si bloccò il fiato in gola e spalancò gli occhi, rossa in viso come un pomodoro. Oh, perfetto. In un secondo, sentii le sue curve contro il mio corpo. Era da fin troppo tempo che la desideravo e mi sfuggì quasi un grugnito di piacere quando finalmente potei sentirla su di me. Era così morbida, così soffice. Le sue curve — su cui tanto avevo fantasticato — si incastrarono perfettamente al mio corpo, solido e massiccio. Di morbido io non avevo proprio niente, sicuramente non il pene in quel momento. Sentirla appiccicata a me fece affluire altro sangue all'inguine.

"Ah, ecco," mormorai. "Ti volevo proprio qui."

Nonostante la leggerezza con cui lo dissi, ero serissimo. Quei due anni erano stati una vera tortura; vederla ogni giorno, ma non poterla toccare. Averla vista nuda era stata la goccia che aveva fatto traboccare il vaso.

"Beck, che stai facendo?" chiese con un aspro sussurro.

Non so se volesse spingermi via, ma non ci provò neanche. Sentii il battito accelerato pulsarle nel collo. Mancavo completamente di razionalità, avendo perso praticamente tutto il controllo su me stesso. Sollevai lo sguardo sul suo viso. Aveva le guance e il naso puntellati di lentiggini adorabili. Le lunghe ciglia ricurve le sfioravano le guance.

"Mmh, qualcosa che volevo fare da un sacco di tempo," mormorai, lasciando andare il cordoncino per farle scivolare la mano lungo la schiena.

Le mancò di nuovo il fiato e socchiuse gli occhi. Oh, bene. Per qualche assurdo motivo, vedere Maisie arrabbiata mi eccitava. E tantissimo, cazzo.

"Beck, non..."

Non riuscì a terminare la frase perché, cedendo all'irrefrenabile desiderio, chinai la testa verso di lei e la feci sussultare. Vedendo l'invitante pelle arrossata del suo collo, decisi di tracciarvi una scia di baci. Ma non appena la sentii gemere, come attirate da una calamita, le mie labbra trovarono le sue.

La sua bocca era dolce come me la immaginavo — le sue labbra carnose si dischiusero subito per le mie. Ero completamente perso in un altro universo e riuscivo soltanto a percepire Maisie tra le mie braccia, le sue curve formose contro il mio corpo.

Inizialmente si irrigidì, ma poi si lasciò andare e le sfuggì un gemito sulla mia bocca. Accecato dal desiderio, la spinsi contro la parete. Porca miseria, quanto era bello. Maisie non si trattenne, ma sinceramente non mi aspettavo lo facesse. Era una donna audace, orgogliosa. Al lavoro riusciva sempre a farmi impazzire perché sembrava avere sempre qualcosa da ridire, ma in quel momento apprezzai tutta quella sua impertinenza.

Il nostro casto bacio si trasformò in uno sensuale e

passionale. Le nostre lingue duellavano mentre le sue mani esploravano il mio corpo. Quasi non me ne resi conto perché troppo indaffarato con il suo. Feci quello che da tempo ormai desideravo fare e premetti le mani sul suo sedere per spingerla verso di me. Poter toccare il suo fondoschiena tondo e sodo mi provocò un piacere immenso. Mi sfuggì un grugnito gutturale quando spinse il bacino in avanti. Era tutto ancora meglio di quanto mi fossi mai immaginato.

Feci scivolare l'altra mano sul suo ventre, fino a raggiungere il seno — pieno e morbido. I capezzoli erano due boccioli turgidi. Ne strofinai uno con le dita e sorrisi sulle sue labbra quando la sentii gemere. Le sollevai subito la maglietta perché sentivo il *bisogno* irrefrenabile di toccare la sua pelle. Era calda e morbida. Riportai le labbra sul suo collo e le venne la pelle d'oca. La sentii tremare contro di me, faceva fatica a respirare.

Strofinai la mia erezione tra le sue cosce perché ormai stavo raggiungendo il limite. Quella donna mi aveva fatto impazzire completamente — in vari modi diversi —per due lunghissimi anni. Averla vista completamente nuda mi aveva fatto perdere il nume della ragione. Sollevai la testa per osservarla. Fui sorpreso di vedere che indossava un reggiseno in pizzo nero, sotto cui premevano i capezzoli turgidi. Ammirai la dolce curva dei fianchi e del ventre, e i perfetti seni tondi con l'acquolina alla bocca.

Nel frattempo, la mia erezione era così prepotente da far male. Sollevai lo sguardo e vidi che mi stava guardando con occhi accesi di desiderio. L'aria nella stanza si era fatta pesante. Aveva le guance rosse e ansimava.

Scosse la testa e chiuse per un istante gli occhi. Quando li riaprì, mi lanciò un'occhiata velenosa.

"Che stai facendo?" chiese, con voce roca.

Stava provando a tirare fuori la Maisie acida. Quando voleva fare la stronza, ci riusciva sempre alla perfezione.

"Ti sto baciando. E non azzardarti a dire che non sta piacendo anche a te," risposi subito.

Per non farle capire che avevo perso completamente la testa puntai sul mio solito approccio irritante. Ormai ero un esperto.

Socchiuse gli occhi. Fece per dire qualcosa, ma poi richiuse la bocca, stringendo con disappunto le labbra.

Fece un respiro profondo. Che meraviglia. Il gesto le fece sollevare il seno, premendolo contro il mio. Aveva ancora i capezzoli gonfi e strinsi leggermente quello che ancora tenevo tra le dita.

Mi spinse via e si allontanò dalla parete e poi da me. Uscì stizzita dal bagno abbassandosi la maglietta, ma mi graziò comunque con la vista del suo fondoschiena che ondeggiava con ogni passo. Fregandomene altamente della visibile erezione, presi la borsa degli attrezzi e la seguii.

Si piantò al centro della cucina con le braccia incrociate sul petto e lo sguardo omicida. "Non sarebbe dovuto succedere," annunciò, in tono aspro.

Più si arrabbiava, più mi divertivo a provocarla. Maisie mi faceva sempre l'effetto contrario di quello che sperava.

Appoggiai una mano sull'isola e inarcai un sopracciglio. "E perché no? Non provare a dirmi che non ti è piaciuto," dissi facendole l'occhiolino.

Si strinse le braccia al petto e picchiettò infastidita il piede per terra.

"E va bene. È stato solo un bacio. Adesso non vantarti delle tue grandi doti da baciatore, per favore," replicò, sulla difensiva.

La guardai con la risposta pronta, proprio sulla punta della lingua. Avrei voluto dirle che lo sapevo benissimo di essere un bravo baciatore. Santo cielo, i miei baci erano diventati ormai una forma d'arte. Amavo le donne e amavo divertirmi. Non ero un ragazzo da sveltine. No, affatto. Facevo sempre tutto con calma e diligenza, per soddisfare sempre a pieno ogni donna.

Ma le parole mi si strozzarono in gola perché il mio cuore si fermò quando la guardai negli occhi. Aveva l'aria preoccupata e imbarazzata, nonostante cercasse di nasconderlo con tutta se stessa. Mi si strinse il cuore e non desideravo altro che abbracciarla ancora. Ma perché quell'improvviso bisogno di abbracciare Maisie? Non ero abituato a quell'istinto di protezione e a quella sensibilità che suscitava in me quella donna.

"Ehi, sto scherzando. Lo sai, sì?" le chiesi, la mia voce più burbera di quanto volessi mentre provavo a soffocare la tristezza che mi attanagliava il cuore.

Le brillavano gli occhi e, per un istante, temetti le si fossero riempiti di lacrime. Ma era impossibile, quindi scacciai il pensiero.

Annuì. "Lo so. Lo fai sempre. Per te è tutto un gioco. È per questo che non sarebbe dovuto succedere. Non sono come quelle ragazze che frequenti tu. Sei il mio superiore e non posso permettermi di perdere il lavoro. Non sono una turista di passaggio. Non fingerò che quel bacio non mi sia piaciuto perché conosciamo entrambi la verità, ma non giocare con i miei sentimenti. Ok?"

Era serissima, i suoi occhi quasi supplichevoli. Venni assalito dal senso di colpa, ma allo stesso tempo anche da una forte confusione. Normalmente sarebbe stato facilissimo darle corda e prometterle che non sarebbe mai più successo. Ma il problema era che non riuscivo a smettere di immaginarmi il suo corpo nudo sotto il mio.

La guardai e cercai di mantenere la calma. Ogni volta che mi sentivo a disagio la buttavo sul ridere. Ma in quel momento sapevo che non sarebbe stata una buona idea.

"Certo. Capisco. Ma non stavo giocando con i tuoi sentimenti. Per tua informazione, non sono mica così stronzo, sai?"

"Lo so. Però..." Si fermò e si morse il labbro. "Non baciarmi, ok?"

Il suo ragionamento non aveva il minimo senso, capii che era profondamente turbata. Dovetti reprimere l'impulso di baciarla di nuovo, anche solo per fare il bastian contrario. Ma non ero stupido.

"Spiegami quale sarebbe il problema," replicai, insistendo.

Era pura follia e non volevo arrendermi.

Alzò gli occhi al cielo e sospirò, in modo un po' troppo drammatico per i miei gusti.

"Perché sei... *tu*," rispose,

La sua irritazione e quella patetica scusa mi diedero come il via libera per ricominciare a punzecchiarla.

"Esatto. Ed è proprio per quello che dovresti baciarmi," dissi con un sorriso furbo, sapendo che l'avrebbe infastidita ancora di più.

Anche se non la conoscevo tanto quanto avrei voluto, sapevo esattamente come darle sui nervi.

Allargò le braccia e si piantò le mani sui fianchi. "Oh. Mio. Dio. Sei proprio un pallone gonfiato. È ora che te ne vada."

"Wow, è così che mi ringrazi per averti sistemato lo scaldabagno?" replicai.

Incurvò mestamente le spalle. "Non volevo..."

Mi spinsi via dal bancone. "Tranquilla, Maisie. Stavo scherzando. Mi rendi le cose troppo facili."

Alzò di nuovo gli occhi al cielo e sospirò, ma per un istante il suo ardore si spense. "Beh, grazie per aver aggiustato lo scaldabagno. Ho capito quanto amo l'acqua calda solo dopo averla persa. Ehi, hai presente quant'è forte la pressione delle docce in caserma? Per caso sai come posso averla pure qui?"

Nella mia mente riaffiorarono subito immagini di lei sotto la cascata d'acqua, la pelle coperta da nient'altro che bolle di sapone. Non lo ammetterei mai ad alta voce, ma la notte prima mi ero masturbato sotto la doccia ripensando a quel momento.

Lei mi stava chiedendo come migliorare la pressione dell'acqua a casa sua, mentre io ragionavo sul modo più efficace per poterla rivedere nuda.

Capitolo Cinque

MAISIE

Lista di cose a cui non devo pensare:

1. Non pensare a Beck
2. Non pensare a quel bacio meraviglioso
3. Non pensare al suo corpo muscoloso premuto contro il mio
4. Non pensare ai suoi occhi colmi di desiderio
5. Non pensare alla sua erezione prorompente
6. Non pensare alle sue mani sul mio seno e ai capezzoli così duri da far male

Maledizione. Buttare giù quella lista non mi stava decisamente aiutando a non pensare a quelle cose. Affatto. Avvertii una vampata di calore in mezzo alle cosce e i capezzoli si inturgidirono di nuovo. Ero al piano di sopra, in camera mia — la prima e unica camera da letto che avessi mai amato. Era una stanza semplice, dall'arredamento essenziale. Il letto matrimoniale si trovava in una nicchia, circondato da scaffali pieni di libri. I mobili in legno erano molto moderni, con rifiniture dai colori chiari. Sopra il letto c'era un lucernario. Perfino alle undici di sera, la luce argentata del crepuscolo vi filtrava. Tra le nuvole nel cielo si intravedeva il luccichio di qualche stella.

La stanza aveva un bagno adiacente con una doccia e una vasca da bagno ovale, di cui non potevo più fare a meno. Ricordavo piuttosto bene quando ero venuta a trovare mia nonna dopo il rimodernamento della casa. Prima trasmetteva un senso di calore e di comfort, ma i mobili erano più scuri. Poi aveva optato per tonalità più chiare e luminose. Mi appoggiai contro la testiera del letto a guardare il cielo, non desiderando altro che togliermi Beck dalla testa.

Amavo scrivere liste. Avevo incominciato da bambina. Mi occupavo sempre della lista della spesa per me e mio padre. Soltanto così riusciva a ricordarsi cosa serviva in casa. E da lì poi avevo iniziato a scrivere liste per qualsiasi cosa. Mi avevano seguita all'università e nel mio piccolo appartamento, quando avevo giusto qualche spicciolo in tasca. Non mi aiutavano soltanto nell'organizzazione della mia vita, ma erano diventate una specie di mantra.

Seguendo le mie liste, avrei raggiunto i miei obiettivi. In quel momento sentivo il disperato bisogno di dimenticare Beck e quel bacio mozzafiato. Il bacio migliore della mia vita.

Mi sentivo irrequieta e insoddisfatta. Provai a strofinarmi un capezzolo tra il pollice e l'indice. Portai indietro la testa, sbattendola contro la parete. Cristo, quando mi aveva toccata Beck era stato completamente diverso, ma da quando se n'era andato ero eccitata da morire. Indossavo una canottiera leggerissima e attillata. Iniziai a sfregare le gambe, provocando una forte sensazione di piacere tra le cosce umide.

Vibrò il telefono sulla mensola accanto al letto. Mi voltai a controllare e vidi un messaggio. Continuando a strofinare delicatamente il capezzolo, presi il telefono con l'altra mano.

Ehi, Maze.

Era Beck. Non mi scriveva spesso. Anzi, quelle rare volte che l'aveva fatto era stato per lavoro. Maledizione. Soltanto leggere il suo nome sullo schermo bastò a farmi contrarre il sesso di desiderio. Indossavo solo una canottiera e dei boxer da uomo. Preferivo dormire così. Sentii le mutande inumidirsi per l'eccitazione. Soltanto Beck mi chiamava Maze. In realtà amavo quel nomignolo perché appunto non lo usava nessun altro. Era stato il primo a prendersi la briga di darmene uno.

Voglio essere sincero con te. Sappi che ti bacerò di nuovo.

Avrei tanto voluto rispondergli subito, ma non sapevo cosa dire. Perché voleva proprio me? Io non desideravo altro che lui. Eppure, sapevo di non essere il suo tipo. E sapevo anche la fine che avrei fatto se mi fossi lasciata andare. Beck era un donnaiolo di professione. Willow Brook era una piccola cittadina, dove i pettegolezzi arrivavano sempre all'orecchio di tutti anche se non conoscevi nessuno. Dopo le prime settimane alla caserma, avevo già sentito tutte le storielle possibili su Beck. Era stato soprannominato Vigile del Piacere. Già.

Non avevo dubbi che sarebbe riuscito a farmi divertire e godere, ma ero sicura che andare a letto con lui sarebbe stata una pessima idea. Certo, non stavo cercando niente di serio. Anche se a volte mi sentivo sola, alla fine quella vita di solitudine e indipendenza non era poi così male. Avevo passato la vita sballottata da un posto all'altro. Passare due anni interi a Willow Brook, a casa della nonna, era stato un record personale. Avere un posto in cui poter mettere radici era decisamente appagante. Mi sentivo soddisfatta della mia vita e non avevo bisogno di altro. Nonostante la tentazione, probabilmente mi sarei soltanto cacciata nei guai.

Quel bacio con Beck rischiava di portarmi nella direzione sbagliata, in una zona troppo pericolosa. Lavorando insieme, sapevo che non potevamo spingerci oltre. Non solo l'imbarazzo di vederlo ogni giorno, ma anche l'umiliazione in caso qualcun altro l'avesse scoperto. Fissai lo schermo, cercando le parole giuste.

Pessima idea.

Misi giù il telefono e portai indietro la testa con un altro sospiro. Santo cielo, quanto era difficile. Sarebbe stato magico lasciarmi andare alla follia travolgente di un altro bacio e spingermi molto oltre con Beck. Ma era pura pazzia, e lo sapevo bene.

Il telefono vibrò di nuovo. Senza riuscire a resistere alla tentazione, lo presi di nuovo in mano.

Non sapevo fossi così santarellina. È stato solo un bacio. E poi sai che vorresti non esserti fermata lì. Io avrei continuato volentieri.

Sentii quasi il fumo uscirmi dalle orecchie. Lui non sapeva proprio nulla sulla noiosissima vita che avevo prima di trasferirmi a Willow Brook. Però proprio santarellina non lo ero. Camera di mio padre aveva praticamente sempre la fila fuori e al liceo qualche fidanzato ce l'avevo avuto pure io, incluso l'aspirante rock-star. Per quanto avessi provato a darmi alla pazza gioia, alla fine l'avevo trovato troppo noioso; probabilmente un effetto collaterale di aver assistito in prima persona alla perenne ricerca del godimento di mio padre, che metteva in luce tutta la sua idiozia e irresponsabilità.

Guardai storto lo schermo, fremendo dalla voglia di rispondergli con strafottenza. Beck era davvero bravissimo a darmi sui nervi, quindi ogni volta che lo vedevo mi saliva l'angoscia. Feci qualche respiro profondo, provando a non innervosirmi. Ma la cosa peggiore era che quando mi faceva innervosire sentivo come un fuoco che mi attraversava le vene, alimentando il desiderio.

Un altro respiro profondo.

Non sono una santarellina. So che stai solo provando a farmi arrabbiare, quindi smettila. Non funzionerà.

Rispose praticamente subito.

Non voglio farti arrabbiare. Voglio farti eccitare. ;)

Il mio stomaco fece le capriole e il suo commento ebbe esattamente l'effetto sperato. Grazie al cielo non poteva vedermi.

Bloccai il telefono e lo lanciai sulla mensola. Non *osai* continuare a rispondere. Era proprio quello che avrebbe voluto lui.

Sollevai lo sguardo sul lucernario, ripetendo a mente la lista di cose che non dovevo fare, quella tutta incentrata su Beck. Ma era impossibile, non riuscii a pensare ad altro che alle sue labbra sulle mie, al suo corpo di marmo — statuario — premuto contro il mio, e alle scariche elettriche che mi guizzavano nelle vene al suo tocco.

Senza neanche realizzarlo, un gemito mi sfuggì dalle labbra. Avevo ancora i capezzoli turgidi e il desiderio pulsante continuava a tormentarmi. Maledizione. Per dormire avrei potuto fare soltanto una cosa. Lasciando la mano sul seno, feci scivolare l'altra tra le cosce. Ero bagnata fradicia e calda. Non sarei mai stata tanto stupida da concedermi a Beck, ma pensare a lui

mi eccitava così tanto che non ci misi molto a raggiungere l'apice e sentii il mio sesso stringersi attorno alle
dita. Finalmente il pressante desiderio che avevo
cercato di soffocare tutto il giorno si era momentaneamente placato.

Capitolo Sei

BECK

Ero avvolto in dense nubi di fumo nero. Sollevai prontamente lo sguardo. Una trave cadde dal soffitto e mi scansai. Seguendo soltanto l'istinto, con la vista oscurata dal fumo, sfondai una porta alla fine del corridoio. L'aria nella stanza era più pulita e riuscii subito a vedere l'anziana signora sdraiata sul letto.

"Cade! È qui dentro!" urlai dalla finestra accanto a me.

Controllai il polso della signora e tirai un sospiro di sollievo quando sentii il battito. Senza aspettare un secondo di più, presi il suo corpicino tra le braccia e mi fiondai alla cieca in corridoio. Mi sentivo piuttosto calmo nonostante non vedessi niente, stessi morendo di caldo sotto l'uniforme e fossi entrato in quella casa pericolante quasi troppo tardi. Con la mente impegnata, riuscivo sempre a mantenere la calma in mezzo al caos. Il corridoio sembrava non finire più e dovevo ancora arrivare al piano di sotto. Dopo aver passato il pianerottolo feci di corsa gli ultimi scalini, per poi iniziare a correre arrivato al piano terra. Sentivo che l'incendio stava degenerando e presto di quella casa non sarebbe rimasto altro che cenere.

Facevo il vigile del fuoco ormai da più di dieci anni, quindi ormai quella sensazione la conoscevo bene. Avrei saputo spiegare nel dettaglio il momento in cui un incendio raggiunge il suo punto critico, ma quando c'ero dentro me lo sentivo proprio dentro. Mi fiondai fuori dalla porta laterale qualche secondo prima che il soffitto crollasse. Continuai a correre verso l'ambulanza parcheggiata sul ciglio della strada.

Finalmente potei fermarmi a respirare. Abbassai lo sguardo sulla signora che avevo appena salvato. Mi guardava con grandi occhi blu e un sorrisino sulle labbra. Come, prego?

Di riflesso, ricambiai il sorriso.

"Come va?" le chiesi.

"Non c'è male," rispose lentamente, senza smettere di sorridere.

"Perché sorride?" domandai, togliendomi la maschera respiratoria.

"Oh, non ero mai stata salvata in vita mia. È stato proprio emozionante," disse con una risata, la voce roca.

Ricambiai il sorriso, provando un'ondata di sollievo. Nonostante tutto, l'importante era che stesse bene.

"Quando sono arrivato stava dormendo," replicai.

"Oh, sì. Non ho neanche avuto paura, perché quando mi sono svegliata ero tra le tue braccia. Adesso ho una storia da raccontare," disse prima di tossire violentemente.

Iniziai a preoccuparmi. Anche se esternamente sembrava stare bene, probabilmente aveva bisogno di ossigeno.

"Ehi, come va?" chiese Dana Halloran quando si materializzò magicamente al mio fianco.

Dana era un paramedico. Tirai un sospiro di sollievo perché, per quanto allegra fosse la signora tra le mie braccia, era comunque un'anziana che aveva appena inalato fumo nel sonno.

"Ehi, Dana. La signora si è divertita molto durante il salvataggio, ma io sono preoccupato per i suoi polmoni," le spiegai, riportando lo sguardo sull'anziana.

"Ancora non mi ha detto come si chiama," le dissi dopo un altro attacco di tosse. "Piacere, Beck Steele."

Quella donna era proprio un personaggio. Sorrise di nuovo. "Oh, cielo. Beck Steele sembra quasi il nome di un personaggio di un film d'azione."

Sentii un forte colpo di tosse alle mie spalle. Mi voltai e vidi Cade Masters che si avvicinava. Anche Cade era un sovrintendente che lavorava alla caserma di Willow Brook. Era appena tornato in città dopo un incarico di quasi tre settimane in una zona remota dell'Alaska, dove incendi devastanti stavano flagellando le vaste distese dello stato.

Sfoderò un sorriso. "Super Steele in azione."

Alzai gli occhi al cielo. "Perché, tu non saresti un eroe?"

"Sì, ma il tuo nome suona meglio da supereroe," replicò facendomi l'occhiolino.

Dana rise e si rivolse alla signora. "Io sono Dana e se non le dispiace vorrei che si stendesse lì," disse, indicando una barella lasciata vicino all'ambulanza. "Qualche minuto con la maschera per l'ossigeno le farà bene."

La signora ricominciò a tossire. Sentivo tremare il suo corpicino fragile a ogni colpo di tosse. Senza aspettare risposta, la portai sulla barella. Dana le portò subito una bombola di ossigeno. Aiutai la signora a mettersi comoda e poi mi tolsi l'elmetto, agganciandomelo al gomito.

Dana mi guardò mentre sistemava la maschera sul viso della signora. "Ce l'hai fatta per un pelo," mormorò.

Annuii e finalmente mi voltai verso la casa. Cade, al mio fianco, mi imitò. La casa si stava accartocciando su se stessa. Purtroppo ci avevano chiamati troppo tardi e non potevamo fare più nulla. Era piena alta stagione ed era stata un'estate lunga e arida. La casa della signora si trovava in periferia, in prossimità di una vasta foresta di abeti rossi. Per qualche motivo ancora da chiarire, un incendio era scoppiato tra gli alberi accanto all'abitazione e l'aveva raggiunta da un ramo troppo vicino. In casa c'erano soltanto due ragazzini e la loro nonna. Quando un vicino aveva notato le fiamme a più di un chilometro e mezzo di distanza, ormai era troppo tardi.

L'Alaska era il posto perfetto per gli amanti della privacy. Ma purtroppo, in quelle zone dove le case distavano così tanto tra loro era difficile notare subito un incendio. Osservai i miei ragazzi che trasportavano le manichette antincendio per domare le fiamme.

Guardai Cade e poi di nuovo Dana. "C'è mancato poco, ma ce l'abbiamo fatta." Vidi che la signora stava iniziando a respirare con più facilità.

Diede uno strappo alla maschera.

Dana gliela tolse. "Ha bisogno di qualcosa?" domandò Dana.

"Adesso sto bene. Questa cosa mi dà fastidio," dichiarò la signora.

Non riuscii a trattenere una risata. "Le dispiacerebbe dirci come si chiama?"

"Susie. Susie Smith, il nome più noioso che esista,"

annunciò. "Oh, se volete sapere com'è scoppiato quell'incendio, ve lo dico io."

Dana inarcò un sopracciglio e mi guardò. Mi strinsi nelle spalle.

"Sicuramente vorrà parlarle anche il capo della polizia, ma dica pure."

"È tutta colpa di quell'idiota che vive in fondo alla strada e se ne va sempre in giro con quel cavolo di pick-up chiassoso. Secondo me confonde il pick-up per il pene," annunciò con aria infastidita. Poi venne colta dall'ennesimo eccesso di tosse.

Dana rimise subito la maschera di ossigeno a Susie. Le assicurai che avrei mandato il capo della polizia a parlarle. Willow Brook era piena di idioti con il pick-up, quindi non sapevo a chi si riferisse.

Accompagnata da un altro paramedico, Dana spinse la barella di Susie sull'ambulanza. Mi voltai verso Cade. "Beh, tutto è bene quel che finisce bene. Ne siamo usciti tutti sani e salvi."

Cade si strinse nelle spalle. "Beh, in fondo c'eri tu. Comunque ho chiamato in caserma. Stanno radunando le nuove reclute per portarle qui. Bisogna tenere sotto controllo le fiamme finché non si estinguono. Che peccato. La casa era pure piuttosto nuova."

"Abbiamo trovato la causa?"

"Non ancora. Però so che qualcuno aveva acceso un fuoco in fondo alla strada. Molto probabilmente qualche scintilla è volata fin qui. E scommetto che il responsabile è quel tipo che confonde il pick-up per il pene," rispose Cade alzando gli occhi al cielo. Poi batté il suo elmetto sulla ruota del furgone accanto a noi. "Torni con me?" chiese.

Annuii e ci girammo insieme. Però prima di andare cercai Thad Mason, uno dei supervisori della mia squadra. Dopo avergli affidato il comando partii insieme a

Cade, che era nato e cresciuto a Willow Brook insieme a me. Lo conoscevo da una vita, però aveva passato diversi anni in un altro stato ed era tornato in paese da relativamente poco. Era lo stesso Cade di sempre — un tipo riservato, ma spiritoso e leale. Da poco era finalmente riuscito a sposare Amelia, il suo primo e unico amore. Anni prima si erano lasciati per uno stupido malinteso, che aveva praticamente costretto Cade a non tornare a Willow Brook per anni.

Ero contentissimo di riaverlo con me e di vederlo di nuovo così felice. Cade era diverso da me, aveva trovato la sua anima gemella e per lui non esisteva altra donna all'infuori di Amelia. Erano completamente pazzi l'uno per l'altra.

Mi misi comodo mentre guidava lungo la tortuosa stradina sterrata che riportava sulla superstrada. Gli lanciai un'occhiata. I suoi capelli castani erano un disastro, pieni di cenere e sudore. Sicuramente anche io avevo un aspetto terribile, mi sentivo il viso pieno di fuliggine.

"Dopo essere passati in caserma ti va di andare a farci qualche birra al Wildlands?" chiesi.

"Certo. Probabilmente farebbe piacere anche ad Amelia. Va bene se viene anche lei, sì?"

Feci una risata prima di rispondere. "Certamente, bello. Come sempre."

Cade mi guardò e sfoderò un sorrisetto. "Altrimenti non ci vedremmo praticamente mai."

"Già. Senza dubbio. So che quella donna ti ha in pugno."

Cade fece spallucce. "Beh, sì, però tra di noi va tutto alla grande. Fidati, quando troverai la donna giusta capirai."

Ci facemmo una risata e cambiai argomento. Non

l'avrei mai ammesso a voce alta, ma in quel momento avevo pensato soltanto a Maisie.

Maledizione, non riuscivo più a togliermela dalla testa. Era passata una settimana intera dall'incidente nelle docce. Sei giorni dal bacio a casa sua. In totale era da centosessantotto ore che continuavo a pensare a lei senza sosta. Sottraendo sette ore di sonno ogni notte, rimanevano poco meno di centoventi ore di veglia in cui vagava fra i miei pensieri. Quella donna ormai viveva nella mia mente.

La notte prima mi ero nuovamente masturbato ripensando al suo corpo premuto contro il mio. In caserma aveva continuato a trattarmi con freddezza e non aveva mai risposto a quel mio ultimo messaggio. Continuavo comunque a punzecchiarla come al solito, ma in modo ancora più spinto. Ormai pensavo solo con il cazzo.

Per fortuna quella settimana non avevo avuto un momento libero. Era scoppiato un incendio nei dintorni di Willow Brook e le giornate erano andate avanti tra un'emergenza e l'altra. Soltanto il lavoro era riuscito a togliermi Maisie dalla testa.

Capitolo Sette

MAISIE

"Oh, ma dai, Maisie. Se non esci mai è ovvio che non riesci a farti altri amici," disse Susannah Gilmore.

"Vedo già un sacco di gente qui," replicai.

Susannah appoggiò il mento sulla mano e mi guardò storto. "Io pensavo di essere testarda, ma tu sei su tutto un altro livello."

La guardai, senza riuscire a trattenere una risata. "Tu sei *molto* testarda."

Susannah alzò gli occhi al cielo e sospirò. "Vieni a cena con me. Non muori mica, eh. E magari ti diverti pure," insistette.

"E va bene, ci vengo."

Non avevo un motivo reale per rifiutare, però preferivo sempre e comunque stare per le mie. Susannah era l'unica donna con cui lavoravo. Era una hotshot cazzutissima e non aveva nulla da invidiare agli uomini della caserma. All'inizio mi terrorizzava, ma con il tempo l'avevo potuta conoscere meglio. Era una ragazza simpatica, intelligente e gentile. Ed era anche molto carina. Di media statura, capelli biondo ramato e occhi azzurri. Aveva un fisico da paura, ma nonostante i muscoli non aveva perso le curve. Era appena tornata insieme alla sua squadra da un incarico di tre settimane nel bel mezzo dell'Alaska. Ovviamente, riteneva necessaria la mia presenza per celebrare il suo ritorno. Ma alla fine, socializzare un po' non mi avrebbe uccisa.

Poco dopo, entrai al Wildlands insieme a Susannah. Il Wildlands era uno dei tanti resort nella natura sparsi per l'Alaska. Dietro alla struttura principale c'era l'albergo, da poco ampliato e modernizzato. D'estate faceva sempre il pienone. Era situato a due passi dal lago di Swan, una delle meraviglie dell'Alaska. Era una zona frequentata molto dai turisti, data la vicinanza con Anchorage e il panorama mozzafiato sul Denali e il lago.

Entrata nel ristorante affollato, mi guardai subito intorno. Non c'ero andata spesso. Col tempo avevo iniziato a sentirmi a casa a Willow Brook, ma le mie abitudini solitarie non erano ancora cambiate. La posizione di Willow Brook la rendeva una popolare meta dell'Alaska centro-meridionale, ma fungeva anche da hub per le schiere di aerei che smistavano i turisti nello stato, per le loro vacanze nella natura selvaggia dell'Alaska. Nel ristorante riconobbi giusto qualche volto.

Susannah mi prese a braccetto e si fece strada tra i tavoli. Era assolutamente determinata a farmi stringere nuove amicizie. Anche se era riuscita a convincermi ad andare con lei, non le avevo detto che temevo di incontrare anche Beck. Era uno dei suoi posti preferiti. Provai a non pensare a lui, sapendo benissimo che tutti i miei sforzi sarebbero stati vani. Era un ristorante molto grande, con diversi tavoli nella sala e un bar in un angolo. Una voce femminile attirò l'attenzione di Susannah, che si voltò subito e si incamminò verso Amelia Masters e Lucy Caldwell, sedute a un tavolo ad aspettarci.

"Ciao, ragazze," disse Susannah. "Vi prego, ditemi che questo tavolo è per noi."

Amelia sorrise e bevve un lungo sorso di birra. "Certo."

Susannah si sedette davanti ad Amelia e io accanto a lei. Eravamo in un angolo, con un largo tavolo rotondo. Immaginai stessero aspettando qualcun altro, altrimenti non avrebbe avuto senso scegliere un tavolo così grande con il locale pieno di gente.

"Come va, Maisie?" mi domandò Amelia. "È bello vederti al di fuori della caserma."

Per tenere occupate le mani, presi il menù dal centro del tavolo e iniziai a sfogliarlo. "Oh, tutto bene. Tu invece? È da un po' che non ti vedo."

Lucy le diede una gomitata. "Perché sta lavorando troppo. Anche io sono una maniaca del lavoro, ma quando è troppo è troppo."

Una cameriera si fermò a chiederci cos'avremmo preso da bere. Portando avanti la conversazione, Susannah si lamentò dei ritmi di lavoro estenuanti tipici delle estati in Alaska. Amelia la conoscevo di vista. Era la moglie di Cade Masters, il sovrintendente di una delle squadre hotshot. Coppia affiatatissima alle superiori, separati da un brutto malinteso. Non mi tenevo al passo col gossip di Willow Brook, ma mezzo paese era stato a dir poco entusiasta alla notizia del loro ricongiungimento, quindi ovviamente la voce era giunta anche a me.

Cade era un ragazzo in gamba. Mi faceva sentire molto più a mio agio rispetto a Beck, ma sicuramente perché lui non mi incendiava i sensi. Amelia passava spesso in caserma per vederlo. Onestamente, quella ragazza aveva un non so che di intimidatorio. Gestiva un'impresa edile tutta sua, Kick A** costruzioni. Ma nonostante i muscoli minacciosi, mi piaceva come persona. Simpatica e gentile, era alta quanto un uomo e bellissima, con capelli e occhi color ambra. Conoscevo anche Lucy, ma molto meno. La vedevo giusto una volta tanto quando passava in caserma con Amelia, con cui lavorava. Tra le due c'era un contrasto impressionante. A prima vista sembrava una ragazza molto femminile. Capelli biondi e occhi azzurri, minuta e formosa. Era splendida. Ma era evidente che non desse la minima importanza all'aspetto esteriore. Sembrava sempre appena uscita da un cantiere.

Quando la cameriera ci portò da bere, il commento di Amelia mi fece drizzare le orecchie. "Cade arriva tra un po'. Siete venute direttamente dalla caserma?"

Susanna annuì e prese un menù dal centro del tavolo. "Sì, ma i ragazzi non erano ancora tornati dall'ultimo incarico. Ho costretto Maisie a venire perché non può sempre starsene chiusa in casa dopo il lavoro."

Lucy incrociò il mio sguardo. "Bello avere delle amiche così dispotiche, eh?" chiese con un sorriso ironico.

La sincera empatia nei suoi occhi mi aiutò a rilassarmi leggermente. "Direi che non è poi così male," risposi con una lieve risata. "Non esco spesso. Sono felice di starmene a casa dopo il lavoro, ma secondo Susannah ho bisogno di farmi più amici."

"Oh, ti capisco. Mi piace stare per le mie, ma qui alcune persone lo vedono come un sacrilegio," disse Lucy, lanciando un'occhiata ad Amelia.

Amelia alzò gli occhi al cielo. "Oh, ma smettila. Ce

li hai degli amici. E poi sei stata tu a lamentarti che passavo troppo tempo con Cade."

Lucy la imitò, con più esasperazione. "Sì, beh, perché ti eri persa nel vostro piccolo mondo ed eri sparita dalla circolazione."

Susanna rise. "Stare con le mie amiche mi aiuta a non impazzire. Passo troppo tempo con i maschi, quindi ogni tanto ho bisogno di uscire."

Amelia e Lucy parlarono di un progetto su cui stavano lavorando, mentre Susannah ci aggiornava sull'incendio che aveva impegnato lei e la sua squadra per tre settimane. Susannah non lavorava né con Cade né con Beck.

Amelia seguiva attentamente il discorso. "Spero siano riusciti a domare l'incendio."

Susannah scosse la testa. "Non ancora. Siamo quasi riusciti a contenerlo, ma c'è ancora molto lavoro da fare. Hai paura che mandino la squadra di Cade?"

Amelia si strinse nelle spalle. "Beh, alla fine è il suo lavoro, quindi non posso farci niente. Mi ha detto che se non riescono a domarlo entro una o due settimane gli toccherà partire."

Sicuramente doveva essere difficile vivere con un hotshot. Alla caserma ero riuscita a legare con tutti. Ovviamente mi preoccupavo ogni volta che partivano in missione, ma sicuramente la mia ansia non era paragonabile a quella di Amelia.

"Scommetto che quando parte è molto dura," commentai.

Amelia arricciò le labbra. "Ogni singola volta," disse piano. "Ma è così. E Cade ama il suo lavoro."

Intervenne Lucy. "Io le dico sempre che, statisticamente parlando, è più probabile che rimanga coinvolto in un incidente d'auto piuttosto che gli succeda qualcosa sul lavoro. So che è una magra consolazione, ma devo pur dirle qualcosa per calmarla."

Amelia sorrise. "Grazie. Ti voglio bene."

"Scommetto che è dura. Io ormai ho rinunciato all'amore. Non è facile trovare un uomo disposto ad accettare i rischi del mio mestiere. A meno che non sposi un altro pompiere," disse Susannah con un sorriso afflitto.

"E chi lo dice che non ne sposerai uno? Ne hai una cinquantina tra cui scegliere," disse Lucy con un sorrisetto furbo.

Susannah alzò gli occhi al cielo. "Sì, certo. Ne sceglierei proprio uno di quelli con cui lavoro. Non ci penso neanche."

"A parte gli scherzi, ti capisco. Cioè, io sono un'elettricista e un'operaia edile. Probabilmente non troverò mai un uomo, ma mi sta bene così. Un brindisi alla nostra indipendenza," disse Lucy, sollevando il bicchiere.

Amelia rise e mi guardò. "Non dirmi che anche tu la pensi come loro."

"Mi sa proprio di sì. La mia vita mi piace così com'è. Ho un bel lavoro, una bella casa e una vita serena. Mi sento soddisfatta così."

Sconcertata, Amelia ci guardò. "Guardate che le relazioni non sono terribili come pensate voi."

Lucy posò lo sguardo su me e Susannah. "Ecco, continua sempre a ripetermi questo 'non sai che ti perdi'," disse in maniera buffa. "E io continuo a ricordarle che non tutti riescono a trovare l'anima gemella."

"Almeno ci hai mai provato?" le chiese Amelia alzando gli occhi al cielo. Fece per aggiungere qualcosa, ma qualcuno la chiamò, interrompendola.

Mi voltai e vidi Cade. Alle sue spalle c'era Beck, che si era fermato a parlare con qualcuno al bar. Cade era il classico pompiere virile e muscoloso dell'Alaska. Aveva capelli ricci castani, occhi verdi e un fisico da paura. Ormai avevo capito che tutti gli hotshot avevano un fisico statuario. Il loro era un lavoro massacrante che richiedeva uno sforzo fisico immane. In breve, ero circondata da quel tipo di uomini che si vedono fotografati nei calendari un po' spinti. Ma nessuno di loro mi faceva il minimo effetto. Tranne Beck.

Cade arrivò al nostro tavolo, prese una sedia e la avvicinò ad Amelia per sedersi accanto a lei, dandole un bacio sul collo. La loro intimità era brutalmente evidente, quasi palpabile. Non avevo mai condiviso niente del genere con nessuno. Ma in fondo c'era soltanto una persona su cui potessi sempre contare — me stessa. O almeno, era quello che mi ripetevo ogni volta che iniziavo a fantasticare troppo su una relazione simile alla loro.

Dopo aver finito la conversazione al bar, anche Beck si avviò verso il nostro tavolo. Provai con tutta me stessa a non guardarlo, ma i miei occhi si spostarono su di lui di volontà propria. Camminava con passo deciso, spavaldo, facendo oscillare le braccia muscolose. Santo Cielo. Quelle braccia. Perfino le sue braccia mi facevano eccitare. Sentii le farfalle allo stomaco e il cuore iniziò a battermi più forte.

Fantastico. Proprio ciò di cui avevo bisogno. Non penso di essere pronta ad affrontare Beck. Perché mi sono lasciata convincere da Susannah?

Forse perché speravi di vederlo.

Zitta.

Mentre Beck si faceva strada tra i tavoli e la gente, una ragazza gli posò una mano sulla spalla e gli lanciò un'occhiata provocante. Gli disse qualcosa che lo fece ridere. Poi, Beck sfoderò uno dei suoi sorrisi devastanti. Oh, quanto avrei voluto riuscire a controllare il mio cuore ogni volta che vedevo quel sorriso. Mi mandava su di giri, come se fossi sulle montagne russe. Ma purtroppo, quelle sensazioni non facevano altro che ricordarmi che era un dongiovanni professionista.

Capitolo Otto

BECK

Mi diressi al tavolo dove Maisie era seduta con amici. Guarda caso, l'unica sedia vuota era proprio quella accanto a lei. Scivolai subito al mio posto. Mi guardai intorno per salutare tutti, lasciando Maisie per ultima. Un'ondata di desiderio mi pervase quando posai lo sguardo sulle sue labbra carnose e i grandi occhi marroni.

"Ehi, Maisie, non mi aspettavo di trovarti qui. Ora che ci penso, non credo di averti mai vista qui," le dissi.

Alzò immediatamente gli occhi al cielo. Mamma mia, quanto mi divertivo a infastidirla.

"Diciamo che non fa per me," disse, in tono brusco.

"E che ci sarebbe di male in una cena con amici?"

Sentivo che si stava innervosendo sempre di più con ogni minuto che passava. Quando c'ero io era peggio di un cactus. Certo, punzecchiarla in quel modo era uno spasso, ma non faceva altro che alimentare il desiderio che già faticavo a reprimere.

Col cuore che mi martellava all'impazzata nel petto

e un'erezione prorompente nei pantaloni, decisi che sarebbe stato meglio lasciarla in pace.

Lo sguardo di Susannah si spostò su Maisie. "È esattamente quello che le ho detto io. Non c'è niente di male nell'uscire a cena con gli amici. Maisie è il fulcro della caserma, ma preferisce evitarci tutti," disse con un sorriso.

Maisie alzò gli occhi al cielo. "Beh, sono qui, no?"

Arrivò la cameriera e, dopo aver ordinato, continuammo a chiacchierare. Avrei voluto rilassarmi, ma con Maisie al mio fianco era praticamente impossibile.

Cade stava intrattenendo il tavolo raccontando della volta in cui la sua squadra aveva incontrato un alce durante una missione. Guardai Maisie e non riuscii più a trattenermi. Le diedi una lieve gomitata per attirare la sua attenzione. Sollevò subito lo sguardo, le guance leggermente arrossate. Il mio pene reagì di conseguenza.

"Beh, come va?" le chiesi per fare un po' di conversazione, prendendo una patatina e infilandomela in bocca.

I miei occhi famelici continuavano a posarsi sul suo seno. Indossava una maglietta aderente blu marino. Iniziai subito a fantasticare sui suoi capezzoli, sul suo seno così piacevolmente pieno.

Bevvi un sorso di birra.

"Bene," disse stringendosi nelle spalle.

Buttai giù un'altra sorsata di birra, riflettendo sulla situazione. Il fremente desiderio che mi attanagliava rendeva quasi impossibile parlarle e avviare una conversazione normale.

Per mio immenso sollievo, Maisie continuò.

"Come si è risolta l'emergenza? Tutto bene? Ho visto che ne sono usciti tutti illesi. Avete scoperto cos'ha causato l'incendio?" mi chiese.

"Molto probabilmente alcune ceneri sono volate lì vicino da un fuoco poco distante, ma ancora non è stato confermato. Quando siamo arrivati ormai era troppo tardi per la casa, però siamo riusciti a portare tutti in salvo. C'erano due ragazzini e la nonna."

"Oh, stanno bene?"

"Sì. Giusto una lieve intossicazione da fumo per la nonna. L'hanno portata all'ospedale per un controllo, ma niente di grave. La casa è diventata cenere, ma sono comunque soddisfatto perché siamo riusciti a salvare tutti."

Annuii e bevve un sorso del suo drink. Il mio sguardo indugiò sulla sua gola invitante, che avrei tanto voluto leccare. Non mi ero mai sentito così accecato dal desiderio come con Maisie. Non sarei mai riuscito a dimenticare il suo corpo nudo e bagnato sotto la doccia o il sapore delle sue labbra.

"Grazie ancora per aver sistemato lo scaldabagno. È così bello avere di nuovo l'acqua calda in casa."

"Figurati. Per altri problemi del genere, non esitare a chiamarmi," dissi, lasciandomi sfuggire un occhiolino. Non ero riuscito a trattenermi. Cazzo.

Il rossore sul suo volto si accentuò e abbassò lo sguardo sul suo hamburger, a cui diede un morso enorme. Trovai sexy perfino quello.

Il fatto che non avesse chiesto aiuto a nessuno era sconcertante. "E fammi un favore, la prossima volta non aspettare a chiedere aiuto," aggiunsi.

"So che avrei dovuto farlo prima, ma non sono abituata a essere circondata da ragazzi disposti ad aiutarmi con queste cose."

"Beh, io sono a tua completa disposizione," dissi.

Non era mia intenzione flirtare con lei. Forza dell'abitudine.

Ma capii che ne era valsa la pena quando la vidi

sbarrare gli occhi e notai il modo in cui le pulsava la vena sul collo.

"Ti prego, smettila. Qui è pieno di ragazze con cui puoi provarci. Perché non vai a cercarne una?"

Probabilmente non diceva sul serio, ma le sue parole mi ferirono. "Ehi, sono venuto per divertirmi con i miei amici, tutto qui."

Mi guardò per un secondo e bevve un altro sorso. "Anche se non esco molto di casa, le voci arrivano anche a me. Questo è il posto ideale per uno come te. Pieno di ragazze tra cui scegliere, di cui molte turiste perfette per una botta e via. Io non sono come loro, quindi non guardarmi in quel modo," sbottò.

Amavo spassarmela senza farmi molti scrupoli, ma lei mi stava facendo passare per uno stronzo. Senza sapere come replicare, la guardai per un momento.

Alla fine, mi strinsi nelle spalle e bevvi un sorso di birra. "Come dici tu, Maisie. Certo, non hai tutti i torti, però sappi che non sono uno stronzo. Mi piace divertirmi e sono un tipo malizioso. Sono fatto così. Però oggi sono qui per cenare con i miei amici."

"Dai, povero Beck. In fondo flirta e basta. È innocuo," intervenne Lucy, alzando gli occhi al cielo con un sorrisetto sulle labbra.

Se possibile, Lucy era molto più timida in fatto di uomini rispetto a Maisie. Era dalle superiori che non aveva più frequentato nessuno. Però era un'ottima amica. Le sorrisi, grato che non mi avesse insultato.

"Visto? Perfino Lucy dice che non sono poi così male."

Lucy scoppiò a ridere e dopo un po' anche Amelia.

"Abbiamo frequentato tutti le superiori insieme a Beck, quindi sappiamo che è innocuo. È un amico sempre disponibile. È uno sciupafemmine professionista, ma tutto lì," aggiunse Amelia.

Scossi lentamente la testa e guardai Cade. "Cosa devo fare per convincerle a lasciarmi in pace? Accasarmi come hai fatto tu?"

Con una risata, Cade passò un braccio sulla spalla di Amelia. "Sì, non ho dubbi che funzionerebbe."

"Beh, sarai anche innocuo, ma non sei comunque tipo da relazioni serie," disse Lucy ridendo.

Maisie rimase in silenzio e mi si strinse lo stomaco. Non cercavo l'amore e mai l'avevo cercato. La chimica passionale che c'era tra me e Maisie era innegabile, ma si trattava di un campo in cui ero inesperto e, sicuramente, sarebbe stato meglio per entrambi fermarci a quel bacio ardente e selvaggio nel bagno di casa sua. Era stato un terribile errore. Eppure, il mio cuore voleva di più.

Capitolo Nove

MAISIE

A cena conclusa, eravamo tutti pronti per tornare a casa. Dopo aver salutato andai al bagno, dove mi lavai le mani e mi spruzzai un po' d'acqua sul viso. Il rossore non era ancora svanito del tutto. Beck riusciva sempre a farmi quell'effetto e mi sentivo davvero ridicola. Mi guardai allo specchio, chiedendomi cosa ci vedesse in me. I miei ricci ribelli erano tutti in disordine, nonostante quella mattina li avessi legati in una coda di cavallo. Un ricciolo solitario mi ricadeva sul viso. Avevo gli occhi grandi e scuri. Forse ero un po' troppo critica con me stessa, ma non mi curavo molto del mio aspetto. Non ci avevo mai dato molto peso. E non mi truccavo mai. Grandi occhi marroni, ciglia scure e guance paffute. Ero sempre stata un po' rotondetta, con curve vertiginose nei punti giusti. Mi asciugai il viso e uscii dalla porta sul retro che dava sul parcheggio, ripetendo a me stessa che prima o poi sarei riuscita a sopprimere il desiderio sfrenato che mi dilaniava.

———

Qualche giorno dopo, accettai un'altra uscita con Susannah e Lucy per un caffè al Firehouse. Salita in macchina per tornare a casa, mi resi conto di non avere la borsetta. Tornai nel locale, ma niente. Presi il telefono per chiedere a Susannah se l'avesse vista.

Rispose in un baleno.

No. Non l'ho vista. Non è che l'hai lasciata in caserma?

Probabile. Grazie.

Visto che sei sopravvissuta a ben due eventi sociali, non potrai più rifiutare ogni volta che ti invito fuori. ♡

Non montarti la testa.

Tornai nel parcheggio, salii in macchina e mi diressi alla caserma.

Arrivai dopo qualche minuto. Quando non ero in servizio le emergenze venivano gestite dalla caserma di Anchorage. I nostri ragazzi dovevano essere reperibili ventiquattr'ore su ventiquattro. In alcune caserme più all'antica, alcune squadre passavano addirittura la notte in stazione, senza tornare a casa.

Silenzio e oscurità mi accolsero. Andai a controllare sul retro e trovai la borsetta nel mio armadietto, quindi tornai alla mia scrivania. Stranamente, la caserma mi infondeva un profondo senso di conforto. Non avevo mai lavorato così a lungo in un posto solo. E poi amavo quello che facevo. Non venivo pagata una fortuna, ma potevo comunque permettermi tutte le spese, riuscendo a mettere qualcosa da parte. Per la prima volta in vita mia avevo cinquecento dollari tutti miei. I miei ultimi risparmi li avevo spesi tutti per venire a trovare mia nonna prima che morisse.

Quel posto era diventata la mia seconda casa. Il bancone dell'accoglienza era tutto mio. Nessun altro lo usava. Avevamo giusto alcuni sostituti per le emergenze, ma tutto lì. Mi faceva provare un forte senso di responsabilità che mi piaceva proprio tanto. Per abitudine, accesi il computer per controllare la lista di chiamate recenti. Era stata una serata piuttosto tranquilla. Giusto qualche breve chiamata, tra cui una per il motore di un camion che aveva preso fuoco fuori città. Spensi di nuovo il computer e controllai che la porta fosse chiusa, anche se non ero nemmeno entrata da lì. Tornai di nuovo sul retro. Appena entrata in corridoio, sentii dei passi.

Avevo appena controllato e non c'era nessuna emergenza. Che ci faceva qualcuno lì a quell'ora? Le luci erano spente perché non mi ero presa la briga di accenderle. C'era soltanto una lampadina accesa sopra il lavello della cucina, che gettava una fioca luce argentata sulla stanza. I passi si avvicinarono dalla porta sul retro e Beck apparve davanti ai miei occhi.

Rimasi completamente senza fiato, col cuore che mi martellava nel petto.

Camminò verso di me, terribilmente sexy con quei jeans scoloriti e una semplice maglietta. Praticamente la sua uniforme. I vestiti gli abbracciavano il corpo come un'amante, mettendo in evidenza ogni centimetro di muscolo. Il suo fascino innato era irresistibile. Si avvicinava con passo sicuro, le braccia possenti che ondeggiavano avanti e indietro. Quella camminata spavalda faceva parte di lui, della sua intensa virilità. Si fermò a qualche metro di distanza e incrociò il mio sguardo.

"Mi chiedevo di chi fosse il pick-up parcheggiato qui fuori," disse. "Che ci fai qui a quest'ora, Maisie?"

Una vampata di calore mi travolse e il battito del mio cuore schizzò alle stelle. Fantastico. Era tutta la settimana che evitavo di rimanere da sola con lui, ma per qualche oscuro motivo ero riuscita a incrociarlo in caserma nel cuore della notte, da sola e a pochi metri dalle docce in cui mi aveva vista completamente nuda. Deglutii nervosamente, cercando di calmare il mio cuore. Non dovevo fare altro che mantenere la calma e andarmene alla velocità della luce.

"Oh, avevo dimenticato la borsa," dissi, sollevandola per mostrargliela. "Visto che ho due giorni liberi pensavo potesse servirmi."

Ma certo che ti serve la borsa. Mi sembra anche ovvio, no?

Beck riusciva sempre a tirare fuori il mio lato sarcastico.

Rimase in silenzio, i suoi occhi intensi fissi nei miei.

"Ah, hai dimenticato la borsa."

Annuì lentamente e la sua semplice risposta mi diede subito sui nervi.

"Sì. Esatto. Avevo dimenticato la borsa."

La sollevai di nuovo, scuotendola leggermente come per provarglielo. La sua risata profonda mi provocò un brivido lungo la schiena.

"Lo vedo. Non pensavo mica stessi mentendo, Maisie. Non è nel tuo stile."

Provai a fare un respiro profondo, ma mi mancava l'aria. Avevo di nuovo il cuore a mille e sentivo un fuoco ardermi dentro.

Non mi sentivo a mio agio, da sola con lui. Mi ricordava troppo l'ultima volta in cui era successo. Mi aveva baciata fino allo sfinimento. Per quanto provassi a convincermi che tra di noi non ci fosse nulla, la realtà era che lo desideravo ardentemente.

Dovetti mordermi la guancia per tapparmi la bocca, cercando le parole giuste per congedarmi. Si era fermato a qualche metro dalla fila di banconi sul fondo della stanza. Non distolse mai lo sguardo da me. Con una mano in tasca fece distrattamente roteare una spalla. Avevo notato che lo faceva spesso — perché ero quasi ossessionata da quell'uomo — quindi ero curiosa di sapere se magari aveva subito un infortunio.

"Non hai mai risposto al mio ultimo messaggio," disse all'improvviso, la voce profonda, concisa e roca.

Il suono mi fece venire di nuovo i brividi. Il mio corpo reagiva sempre in modo assurdo a Beck. Mio malgrado, lo volevo da impazzire. Quando rimasi in silenzio, paralizzata dalla scarica di desiderio che mi aveva travolta, Beck inarcò un sopracciglio.

Si stava divertendo a vedermi così nervosa. Raddrizzai la schiena e presi una boccata d'aria prima di lanciargli un'occhiata assassina.

"Mi sembra di averti detto cosa ne penso a riguardo."

Tirò fuori il telefono dalla tasca e si mise a leggere qualcosa. "Ah, hai detto che era una pessima idea."

Si fece roteare il telefono tra le dita mentre mi guardava, l'aria attorno a noi carica di tensione. Il suo sguardo era così intenso e penetrante che mi sentivo quasi toccata. Tra di noi ci saranno stati più o meno tre metri di distanza. Mi trovavo esattamente davanti alle docce. In un battito di ciglia lo vidi avvicinarsi, i passi lunghi e sicuri. Si fermò un po' troppo vicino a me.

"Perché devi essere così testarda?" chiese, con voce burbera.

"In che senso?" replicai in modo evasivo.

Non avevo alcuna intenzione di cadere nella sua trappola. Ma mi resi conto presto di averlo appena fatto. Sapevo che non mi avrebbe permesso di farla franca. Un sopracciglio scuro si sollevò e le labbra gli si incurvarono all'insù, mentre mi guardava con quel suo solito luccichio malizioso negli occhi, più luminoso che mai.

"Non riesci nemmeno a parlarne," commentò.

Dovetti mordermi la guancia — con forza — per non inveirgli contro. Com'è che gli bastava sempre così poco per farmi innervosire?

"Non ne parlo perché non c'è assolutamente niente di cui parlare. Ci siamo baciati. Una volta. Non succederà più. Se cerchi qualcuno da sedurre tornatene al bar."

Le mie parole lo divertirono. Maledizione. Il suo sorriso era il mio punto debole. Sentii un fuoco bruciarmi nel ventre, mi si inturgidirono i capezzoli e in quel momento mi maledissi per non essermi messa la giacca, perché sicuramente erano visibili da sotto la maglietta. Però per fortuna la stanza era poco illuminata. Probabilmente non vedeva nemmeno il rossore che mi tingeva il viso e il collo. Ero tutta un fuoco. Deglutii nervosamente, cercando di darmi un po' di contegno.

"Non voglio nessun'altra. È te che voglio, Maisie."

Oh. Mio. Dio. Per un qualche miracolo non mi sciolsi ai suoi piedi. Avevo passato due anni a fantasticare su Beck — contro la mia volontà, sia chiaro. La lista che avevo scritto su di lui si era rivelata del tutto inutile. Sentirgli dire che voleva soltanto me mi fece letteralmente impazzire.

Poi continuò. "Io voglio te e tu vuoi me. Dici che dovrei tornare al bar? No, grazie."

Scandì bene l'ultima parola. Com'è che una parola così semplice come *grazie* detta dalle sue labbra era così sexy? Oh, cielo, se lo era. Ero fottuta. O meglio, volevo essere fottuta. Da Beck. *Subito*.

Sollevò una mano e fece scivolare le dita lungo la scollatura della mia maglietta. Il cuore che mi batteva a mille iniziò a battere a un milione, così forte da togliermi il fiato. Al suo tocco sentii il desiderio pulsare tra le cosce. Un suo dito bastò a ridurmi a un colabrodo. Mi sentivo ridicola, sciogliendomi quasi completamente quando la sua mano si fermò nel punto più basso della scollatura, all'attaccatura dei seni.

Speravo con tutta me stessa che non riuscisse a sentire il battito frenetico del mio cuore. Non disse nulla, ma mi osservò attentamente in volto, facendo scivolare per un istante lo sguardo sul mio seno. Come una carezza sulla pelle, quei suoi occhi mi fecero venire la pelle d'oca.

"Non sono la persona che credi tu, Maisie. Non credere di sapere quello che penso."

Scoprii in quel momento di avere un debole per la sua voce. Ero convinta che sarebbe riuscito a persuadermi a fare qualsiasi cosa. Ogni cosa che diceva con quella voce profonda e rauca non faceva altro che alimentare il mio desiderio. Cercai di non perdere il controllo.

Grazie al cielo non si aspettava una risposta, perché non penso sarei riuscita a dargliene una

"Non fraintendere," continuò. "Mi piace spassarmela, ma quando mi fisso su una donna è *l'unica* tra i miei pensieri. E adesso, quella donna sei *tu*. E voglio vedere dove ci porteranno questi sentimenti, perché non svaniranno così facilmente. E lo sappiamo bene entrambi."

Lo guardai dritto negli occhi appellandomi al mio buon senso, ma era un'impresa impossibile. Volevo smettere di fantasticare su di lui. Volevo di più. Il sesso lo trovavo piuttosto divertente, ma niente di sensazionale. Magari cedendo al desiderio mi sarei resa conto che la fantasia superava la realtà. E magari sarebbe bastato per interrompere i pensieri erotici.

Avrei ritrovato la mia lucidità mentale. Non avevo il coraggio di condividere con lui quel ragionamento così contorno. Rimasi in silenzio a guardarlo per un po', finché alla fine non decisi di buttarmi.

"Sai cosa facciamo? Cediamo alla tentazione e ci sfoghiamo. Però poi dovrai tenere la bocca chiusa. Per sempre," dissi piattamente.

La mia voce pacata celava il turbinio di emozioni che stava esplodendo dentro di me. Desiderio puro mi scorreva nelle vene, mentre il mio corpo palpitava per la trepidazione.

"Come vuoi," disse, inclinando la testa di lato con aria sorpresa.

Ma sorpreso di cosa? Della mia proposta o che gli avessi chiesto di tenerlo segreto? Volevo assicurarmi che fossimo sulla stessa lunghezza d'onda, perché era fondamentale che nessuno venisse a saperlo. Non volevo che la gente mi vedesse come l'ennesima conquista di Beck.

"Lavoriamo insieme, Beck. Forse per te non significa niente. Ma non voglio che gli altri ragazzi mi vedano come una delle tue tante conquiste, perché beh…"

Lasciai la frase in sospeso perché qualcosa nel suo sguardo mi fermò. Che fosse dolore? Non molto, ma giusto un pochino. Poi continuai. "Sai benissimo che la tua reputazione ti precede. Ti chiamano Vigile del Piacere, no?"

Si fece sfuggire una risata. "Ok, hai ragione. Non sono tipo da vantarsi delle sue conquiste, ma ci scherzo molto. Quindi capisco perché ti sei fatta quest'idea di me."

"Non pensare che stia cercando qualcosa di serio. È solo che lavoro qui e non voglio che tutti pensino…" Arrossii, senza trovare le parole giuste. "Mettiamola così: tra di noi non può esserci niente," riuscii infine a dire.

Beck mi guardò, l'aria sempre più carica di tensione, e annuì vigorosamente. Il suo sguardo malizioso era ormai scomparso del tutto e l'aria tesa si caricò di elettricità.

Capitolo Dieci

BECK

Maisie era di fronte a me, una cascata di riccioli sulle spalle. Non pensavo che l'avrei mai vista con i capelli sciolti. Era uno spettacolo per gli occhi — una meraviglia della natura. Perfino i suoi capelli erano peccaminosi, indomabili e selvaggi. Li avevo sempre visti legati in una coda di cavallo o raccolti sotto un berretto da baseball. I suoi occhi grandi erano fissi nei miei. La vena sul collo le pulsava nervosamente. Era un sollievo sapere che anche lei provava qualcosa per me, ma dubito che il desiderio che l'attanagliava fosse intenso quanto il mio. Da quando l'avevo baciata ero completamente uscito di testa.

La cena di qualche giorno prima non aveva fatto altro che peggiorare le cose. Maisie mi stava portando al limite ed era la prima volta che mi sentivo così. Durante l'estate Willow Brook si riempiva di turisti, quindi mi divertivo a saltare da una ragazza all'altra sapendo benissimo che sarebbe stato soltanto un amore passeggero. Mai niente di serio. Ma Maisie rendeva tutto più difficile. Nonostante il desiderio le si leggesse in faccia, mi guardava con sguardo truce.

Cazzo. Quanto amavo darle noia. Il problema però era che la sua rabbia non faceva che alimentare il mio desiderio.

Mi aveva lasciato completamente senza parole. Ero pronto a insistere, a discutere, ma aveva accettato di sua spontanea volontà. Accettato di ripartire da quel bacio e spingerci molto oltre. Mi era venuto duro non appena l'avevo vista dall'altra parte della stanza. C'eravamo solo noi due. La caserma era buia e deserta, illuminata soltanto dal debole bagliore di una lampadina. Ripensai a Maisie sotto la doccia. Maledizione. Era stupenda e non aveva idea dell'effetto che mi faceva.

Con un dito posato sulla V della sua scollatura, pensai che sarebbe stato fin troppo facile far scivolare una mano sul suo seno. Ma se voleva darmi tutta se stessa non potevo correre troppo, dovevo prendere le cose con calma e spremere il nostro desiderio fino all'ultima goccia. Le presi un ricciolo e me lo avvolsi attorno al dito. Il gesto le bloccò il fiato in gola e la mia erezione iniziò a pulsare. Una vocina lontana nella mia mente si chiese se sarebbe stata una buona idea. Ma non le diedi retta. Due anni passati a reprimere gli impulsi che Maisie scatenava dentro di me, e quel bacio mi aveva fatto perdere completamente la ragione.

Tirai con delicatezza e lasciai andare il ricciolo, che rimbalzò sulla sua guancia. Inspirò a fondo e socchiuse gli occhi quando mi sfuggì una risata. Ma non sapeva che vederla così irritata non faceva altro che scatenare la mia libido. Per qualche motivo a me sconosciuto Maisie era l'unica donna a farmi quell'effetto. Amavo darle fastidio perché lo trovavo troppo divertente.

"Sul serio, Beck? Adesso mi tiri pure i capelli? Non è un po' troppo infantile?"

Un'ondata di desiderio mi pervase quando si

appoggiò una mano sul fianco e alzò gli occhi al cielo. Oh, mi stava uccidendo e nemmeno se ne rendeva conto.

Riuscii a fatica a mantenere al guinzaglio il mio desiderio pressante e inarcai un sopracciglio. "Beh, dipende. Mi vengono in mente alcuni scenari che non hanno assolutamente niente di infantile," dissi lentamente.

Dovetti fare appello a tutto il mio autocontrollo per non attorcigliarmi i suoi capelli alla mano e tirarla a me. Ma prima volevo vedere la sua reazione al mio commento.

Maisie inspirò bruscamente e il suo sguardo si fece più intenso. Il dorso delle mie dita le sfiorava appena l'osso della clavicola. Sentii che il suo cuore iniziò a battere all'impazzata.

"Allora, vediamo di fare un po' di chiarezza," dissi, con voce ruvida.

Sentivo di aver perso completamente il controllo. Ma mi aveva appena detto che voleva cedere alla tentazione e sfogarsi. Ma sfogarsi in che modo? Non voleva neanche che ne facessi parola con qualcuno. Nessun problema. Capivo il suo punto di vista. Non potevo dirle la verità, che avrei dato di matto se qualche mio collega fosse stato interessato a lei. Cazzo, quel fatidico pomeriggio avevo fatto di tutto per tenere i ragazzi lontani dalle docce. Non volevo che qualcun altro la vedesse in tutto il suo splendore.

I suoi meravigliosi occhi marroni — color cioccolato fondente — erano fissi nei miei. Ero così vicino da vedere le sue folte ciglia sfiorarle le guance quando sbatteva le palpebre. Non era un qualcosa che notavo spesso nelle donne. Maledizione, trovavo sexy perfino le sue lentiggini. Le puntellavano il naso e le guance e avrei tanto voluto seguirle con una scia di baci.

"In che senso?" chiese, la voce roca.

"Beh, hai detto che dovremmo sfogarci. Ma *sfogarci* in che senso"?

Nonostante il buio, vidi che arrossì violentemente. Porca miseria. Vedere Maisie così turbata mi faceva eccitare come non mai. Sentivo l'erezione premere con forza contro la cerniera dei jeans. Mi ero masturbato fin troppe volte ripensando al nostro bacio e al suo corpo nudo sotto la doccia.

Si morse il labbro. Oh, merda. Stavo cercando di fare il gentiluomo, ma quel gesto mi fece impazzire. I suoi denti bianchi come perle premevano sul suo labbro carnoso. L'angolo della bocca si incurvò leggermente in una smorfia prima che Maisie sospirasse.

"Dai, lo so che hai capito," disse, spostando la mano dall'anca per muoverla tra noi due.

La guardai, quasi tentato di buttarmi e scoparmela lì. Se fosse stata una chiunque l'avrei fatto. Ma con Maisie no, quella donna mi faceva provare troppe emozioni. Per quanto la volessi ardentemente, non avrei mai fatto qualcosa che avrebbe potuto metterla a disagio.

Le feci scivolare la mano sull'osso della clavicola. Era così vicina, e sentivo il bisogno di toccarla. "Ok, allora. Per me *sfogarsi* vorrebbe dire continuare quello che abbiamo iniziato la settimana scorsa. *Sfogarsi* vorrebbe dire continuare finché non mi accogli tra le tue cosce e urli il mio nome. È quello che vuoi anche tu?"

Socchiuse le labbra e il battito del suo cuore martellava sotto la pelle traslucida del collo. La tentazione era troppo forte. Chinai la testa e ci feci scivolare sopra la lingua. Il suo sapore dolce e leggermente salato mi strappò quasi un grugnito.

Mi costrinsi a sollevare la testa. Ansimando, mi guardava con occhi profondi e intensi.

"Dunque?" domandai.

"Sì..." sussurrò con un filo di voce.

Grazie al cielo. Ero arrivato al limite della sopportazione. Le passai una mano tra i capelli e finalmente — cazzo, finalmente — posai la bocca sulla sua. I suoi baci erano come una droga. Ci metteva tutta se stessa, senza trattenersi. La strinsi a me, con una mano attorcigliata tra i suoi capelli e l'altra che le scendeva lungo la schiena per arrivare al fondoschiena. Il suo corpo era perfezione pura. Le sue curve sinuose erano rigogliose e morbide. Affondai le dita nel gluteo carnoso e gemetti sulla sua bocca. Cristo, era da troppo tempo che sognavo di farlo. Era una sensazione liberatoria che mi fece quasi impazzire.

Ci avvicinammo alla lunga fila di banconi sul fondo della stanza, vicino alle docce. Non sarebbe stato male portarla sotto la doccia, ma non riuscivo ad aspettare. Dopo qualche passo impacciato, finalmente i suoi fianchi ne toccarono uno. Le avvolsi le mani attorno alla vita e la sollevai sopra il bancone, stringendola forte a me. Oh, sì. Sentivo il calore rovente tra le sue cosce che pulsava sulla mia virilità.

Quando si trattava di sesso non indugiavo in riflessioni. Ero un uomo d'azione. Proprio come sul lavoro. Agivo d'istinto, ma tenendo le redini della situazione. Sempre. Però, insieme a Maisie, per la prima volta in vita mia sentivo di non essere più in controllo. Di solito agivo sempre in modo ponderato e controllato. Non con lei.

Era un bacio passionale, travolgente, selvaggio. Non riuscivo ad averne abbastanza di lei. Le stavo divorando la bocca. Le nostre lingue danzavano insieme mentre le mie mani esploravano il suo corpo.

Proprio come ricordavo vividamente dal nostro ultimo bacio, era tutta curve e morbidezza. Sentire il suo corpo premuto contro il mio era pura estasi. Volevo gustarmela tutta, quindi spostai le labbra dalle sue e tracciai una scia ardente di baci lungo il collo. Il mio tocco le fece venire la pelle d'oca. Il suo respiro affannato e sensuale mi stava facendo impazzire.

Tra quello e il suo bacino che si sfregava contro di me ero praticamente al limite. Feci scivolare la lingua tra i suoi seni. Impaziente, le sollevai la maglietta e mi spostai il tanto da riuscire a sfilargliela. Quando le si ingarbugliò tra i capelli, non esitò ad aiutarmi.

"Maledizione," mormorò, sollevando subito le mani per liberarla e lanciarla via.

Il suo sguardo si incollò al mio — i suoi grandi occhi accesi di passione. Quel desiderio incontrollabile rifletteva il mio, raggiungendo livelli che mai aveva raggiunto prima. Per un istante rimasi paralizzato, sconvolto. Ma quando fece scivolare le mani sotto la mia maglietta mi ridestò.

Cazzo, sì. Non mi bastava vederle il seno. Dovevo sentire la sua pelle sulla mia. Afferrai il colletto della maglietta e me la tolsi bruscamente, gettandola a terra accanto alla sua. Posai lo sguardo su Maisie. Cazzo. Era da troppo tempo che fantasticavo sul suo seno. Lo vedevo spingere contro la seta nera del reggiseno, i capezzoli boccioli turgidi. Ne presi uno tra le dita e si indurì al mio tocco. Mi sarei potuto perdere tra le curve dei suoi seni. Decisi di lasciarmi andare e li presi in mano, stuzzicando i capezzoli con i pollici mentre mi gustavo i suoi gemiti soffocati.

Avevo intenzione di fare le cose con calma, ma ormai il mio cervello era andato in tilt e Maisie continuava a strofinare il bacino contro la mia erezione.

"Maledizione, Beck. Non..."

Le sue parole si trasformarono in un gemito profondo quando abbassai la testa e passai la lingua sulla seta, inumidendola e mordicchiando i capezzoli. Mi spostavo da un seno all'altro, godendo come un matto mentre la sentivo inarcarsi verso di me. Con i suoi seni pesanti in mano, per poco non raggiunsi l'apice quando mormorò il mio nome.

Mi stava facendo davvero impazzire.

Infilai il pollice tra i seni, liberandoli dalla seta. I miei ricordi di quel fugace momento non rendevano loro alcuna giustizia. Erano rotondi, con capezzoli scuri, umidi e turgidi per l'eccitazione. Il mio cuore iniziò a battere a mille e l'erezione si fece ancora più possente. Era un miracolo che ancora non fossi esploso nei jeans.

Con quel poco di controllo che mi era rimasto, feci un passo indietro e slacciai i bottoni dei jeans. Ero sicuro che un suo tocco mi avrebbe fatto perdere completamente la ragione.

"Cazzo, quanto sei bella," mormorai, ammirandola.

Era seduta sul bancone, intrappolandomi tra le cosce, il seno rigoglioso che mi pregava di toccarlo di nuovo, e la dolce curva del ventre che appariva in tutta la sua femminilità. Aveva i capelli in disordine, i riccioli che le ricadevano sulle spalle. Aveva la pelle arrossata e, proprio come immaginavo, disseminata di lentiggini. Avrei passato ore a leccarle e baciarle una per una e forse, e solo forse, sarebbe bastato per saziare la mia fame.

Quando incrociai i suoi occhi ci vidi riflessi desiderio, sorpresa e impazienza. Mi si strinse il cuore — una sensazione così bizzarra mai provata prima.

In un attimo, mi spinse via con il ginocchio e scivolò giù dal bancone.

"Che stai..."

Lasciai la frase in sospeso quando la vidi sfilarsi i jeans.

Oh. Ottimo. Era proprio quello che volevo.

Perse l'equilibrio quando provò a toglierseli da un piede. Le appoggiai una mano sul fianco per reggerla in piedi. Eccellente. Le avvolsi le mani intorno alla vita e la riposizionai sul bancone. Per mia immensa sorpresa, portava delle mutandine nere in seta abbinate al reggiseno, che si stava togliendo proprio in quel momento.

Avrei voluto dire qualcosa, qualcosa di canzonatorio e malizioso. Ma prima che potessi anche solo pensarci, sentii la sua mano sul mio membro. In un baleno, sbottonò i jeans e infilò la mano nei boxer, mentre la cerniera si apriva da sola.

Un grugnito mi sfuggì dalle labbra, il mio pene pulsava al suo tocco.

"Maisie..."

Maledizione. Mi aveva lasciato di nuovo senza parole, perso in una travolgente scarica di passione.

Capitolo Undici

MAISIE

Sollevai lo sguardo mentre avvolgevo le dita attorno all'erezione di Beck, la pelle calda e vellutata. Come mi aspettavo, era incredibilmente ben dotato. Il suo sguardo ardente e colmo di desiderio mi lasciò senza fiato. Avrei dovuto aggrapparmi agli ultimi brandelli di lucidità che mi erano rimasti, ma ormai ero fuori di me. I miei pensieri e le mie azioni erano ormai dettati soltanto dal bisogno travolgente che si era scatenato in me.

Dopo aver spezzato le catene del mio desiderio sarebbe stato impossibile frenarlo. Il mio corpo sapeva esattamente cosa voleva. *Beck. Subito.* Non mi permisi di pensare a nient'altro, né alla follia del momento né ai rimpianti futuri. Mi ero perfino dimenticata che era stata una mia idea, per poter dimostrare che la realtà non sarebbe mai riuscita a superare la mia fantasia. Ma la mia tesi si stava già rivelando sbagliata. Mai avrei potuto immaginare il modo in cui il suo sguardo ardente sembrava quasi scottarmi la pelle al suo passaggio, o neanche il fuoco che mi bruciava dentro, né la sensazione di dolce piacere che si stava insinuando nel mio ventre, il pulsare del mio sesso a un suo semplice sguardo, il dolore così acuto ma delizioso dei suoi denti sui miei capezzoli turgidi. No, mai mi sarei potuta immaginare sensazioni simili, non quando le mie esperienze precedenti non si avvicinavano minimamente a quel momento.

Per quanto fossi una ragazza solitaria avevo provato a frequentare qualche ragazzo, ma non ero mai riuscita a trovarmi a mio agio. Il sesso si era rivelato una delusione. Non ero mai riuscita a sentirmi completamente appagata.

Ma lì, con Beck, era tutta un'altra storia. Era completamente inaspettato. L'intensità del mio desiderio mi travolgeva come una valanga. Non riuscivo a pensare lucidamente, il mio obiettivo era soltanto uno — avere Beck appiccicato a me, pelle contro pelle, con il suo pene possente che affondava dentro di me fino ai testicoli. E forse, e dico forse, sarebbe bastato a placare la mia fame.

L'eccitazione all'apice delle cosce si fece sempre più irrefrenabile. Ero famelica, bramosa e impaziente, ma non mi importava. Non avevo la minima intenzione di trattenermi

"Cazzo, Maisie," mormorò, la voce roca.

Cristo, amavo quando parlava in quel modo. Era sempre suadente, provocante e misurato. Ma non in quel momento. Era uscito completamente di testa proprio come me.

Iniziai a baciargli il petto. Che petto possente che aveva. Beck a torso nudo era come una droga per gli occhi. Era tutto muscoli. Ma non aveva il fisico di quei ragazzi che passavano tutto il tempo in palestra. No, il suo era slanciato, muscoloso e possente. Era il frutto del suo lavoro massacrante. Una cicatrice frastagliata seguiva la base della cassa toracica. Chissà come se l'era procurata. La tracciai con la lingua, mentre continuavo a massaggiargli il membro.

Sentii una goccia di eccitazione uscire dal glande. Ci passai sopra il pollice e sollevai la testa. Incrociando il suo sguardo, mi infilai il dito in bocca. Il suo sapore leggermente salato mi fece venire la pelle d'oca.

Mi guardava fisso negli occhi. Mi tolsi il dito di bocca e stavo per abbassarmi sulla sua erezione, perché quell'assaggio non mi bastava. Mi infilò una mano tra i capelli e mi tirò su con forza.

"Ehi..."

Ma zittì la mia protesta con un bacio. Non volevo protestare per il gesto brusco. Affatto. Il mio desiderio era talmente intenso che ogni minima cosa non faceva che aggiungersi alla cascata di piacere che mi stava travolgendo con forza. Stavo protestando perché mi aveva impedito di mettermi in bocca quel suo pene spettacolare. Quello avrebbe dovuto aspettare. La miriade di sensazioni che mi pervase mi mandò in tilt il cervello. Era un bacio ardente, selvaggio. Quando mi lasciò andare ripresi finalmente a respirare, quasi stordita dal desiderio. In quel momento avevo bisogno di lui, più dell'aria che respiravo.

Le sue labbra mi lasciarono una scia ardente di baci sul collo mentre faceva scivolare una mano sulla seta umida tra le mie cosce. Mi sfuggì un gemito di piacere, il mio bacino si spinse verso di lui. Ero bagnata fradicia, fremente di desiderio. Strinse i denti attorno a un capezzolo e la sensazione intensa mi provocò uno spasmo di piacere puro. Lanciai un urlo, inarcando la schiena verso di lui.

"Dio, mio, Maisie," mormorò, e il suo respiro sulla pelle mi fece venire la pelle d'oca.

Sollevò la testa, facendo scivolare le dita sulle mie

mutandine. Ogni passata mi portava sempre più al limite.

"Sei bagnatissima," disse, la voce quasi riverente.

Mi strinsi a lui quando spostò di lato la seta e infilò un dito dentro di me. Stavo quasi per venire. Ero eccitatissima. Mi strinsi attorno al suo dito.

Inarcai il bacino verso di lui. "Beck, ti prego..."

Ma le mie parole si trasformarono in un lungo gemito che mi sconvolse quando aggiunse un altro dito, iniziando a fottermi lentamente con le dita. Ma non mi bastava, volevo di più. Gli afferrai il membro e ci feci scivolare sopra la mano. In un istante, si staccò da me e iniziò a frugare in una tasca dei jeans. Prese il portafoglio e tirò fuori un preservativo.

Non ero una donna devota, ma ringraziai Dio per la rapidità e l'abilità di Beck. Si infilò quel preservativo in un secondo. Gli avvolsi le gambe attorno alla vita, ansimando. Rimase fermo immobile, con la punta del pene appoggiata alla mia apertura. I muscoli del mio sesso si strinsero con impazienza. Avevo bisogno di sentirlo subito dentro di me.

"Maisie."

Calò il silenzio. Sollevai lo sguardo e incrociai il suo.

Deglutii nervosamente e mi si strinse il petto. Non sapevo cosa aspettarmi perché sinceramente non pensavo che sarebbe mai successo. Ma sicuramente non mi sarei mai aspettata emozioni così forti tra di noi. Oh, i nostri sentimenti erano mossi soprattutto da quell'irrefrenabile desiderio, ma sotto la superficie si nascondeva un forte senso di compassione, di intimità. Volevo distogliere lo sguardo perché mi aveva presa alla sprovvista, ma non ci riuscii.

"Sì?"

"Forse è troppo tardi, ma prima voglio sapere se ne sei sicura."

Oh, maledizione. Era come se quelle parole avessero consolidato ancora di più il nostro legame. Doveva proprio comportarsi da gentiluomo? Beh, gentiluomo tra virgolette, visto che mi aveva appena baciata come un forsennato. Era lì davanti a me, con il pene duro come una roccia pronto per me, eppure sapevo che se glielo avessi chiesto si sarebbe fermato. Lo desideravo ancora più di prima.

"Sì, cazzo, sì," riuscii a mormorare, con un cenno del capo.

Rimase fermo per qualche istante, i suoi occhi verdi fissi nei miei. Senza distogliere lo sguardo, scivolò con un movimentò fluido dentro di me. Il sollievo fu così forte che mi scappò un grido. Il delizioso senso di pienezza mi portò quasi all'orgasmo.

Rimase in quella posizione per un momento, poi mi lasciò andare i capelli e fece scivolare le mani sul mio corpo finché non trovò i fianchi, che strinse con forza. Iniziò a muoversi dentro di me, con un ritmo lento e regolare. Stavo letteralmente impazzendo, sentendo sempre più vicino il dolce sollievo che minacciava di travolgermi da quando mi aveva toccata. I suoi colpi erano decisi e controllati, mentre io volevo che mi prendesse con forza e impeto. Strinsi la presa attorno alla sua vita e diedi dei morsi lungo il collo, assaporando la pelle leggermente salata, mentre muovevo il bacino contro di lui.

Ero tutta un fuoco, il piacere sempre più intenso. La mia pelle umida sbatteva sulla sua a ogni spinta. Amavo sentire le sue dita affondare nella mia pelle, il tocco ruvido che mi portava sempre più al limite. Il crescendo di piacere si faceva sempre più intenso finché non mi sentii confusamente mormorare il suo nome tra gemiti e sussulti. Abbassò una mano e fece pressione sul clitoride, umido e scivoloso per l'eccitazione.

Bastò quello a portarmi all'apice e il piacere mi travolse come un fiume in piena, lasciandomi stordita.

Il mio sesso pulsava attorno a lui mentre cercavo di riprendere fiato. Sentii il suo membro irrigidirsi e pulsare dentro di me. Mi appoggiò la testa sulla spalla, il suo respiro affannato mi solleticava la pelle.

Restammo a lungo in quella posizione — lui in piedi tra le mie gambe, con la testa china — in un silenzio spezzato soltanto dai nostri respiri che piano piano tornavano alla normalità. Dopo un po' riuscii ad aprire gli occhi, riprendendo conoscenza. Avevo una mano tra i suoi capelli e l'altra stretta con forza attorno alla sua vita. Era come se non volessi più lasciarlo andare. La realtà era senza dubbio molto meglio della fantasia.

Fantasia – o.

Realtà – 1.

Capitolo Dodici

BECK

Puntai la manichetta verso il violento incendio dietro la caserma e il forte getto d'acqua investì le alte fiamme. Non so cosa mi avesse spinto a offrirmi volontario per gestire il corso annuale rivolto agli studenti delle superiori. Di solito mi limitavo soltanto a dare una mano. L'argomento era stato discusso durante la riunione settimanale della caserma. Quando il capitano Masters ci aveva chiesto chi avrebbe potuto organizzare l'evento al posto suo — dato che lui sarebbe stato fuori città — Maisie si era girata subito a guardarmi.

Con quei suoi meravigliosi occhi puntati su di me, non potei fare a meno di sollevare la mano. Ma in realtà non avevo sentito una singola parola. Bastava uno sguardo di Maisie per mandarmi il cervello in poltiglia. E fu così che mi ritrovai a spiegare a dei ragazzini come spegnere un incendio. Dietro la caserma c'era un'area che usavamo appositamente per bruciare sterpaglia in modo controllato. Avevamo invitato i cittadini a portarci qualsiasi cosa avessero in più da bruciare. Dopo una rapida spiegazione sulle misure di sicurezza, i ragazzini avevano acceso il falò.

Mi stavo pure divertendo, ma da una settimana ormai avevo la mente da tutt'altra parte. Maisie mi aveva completamente sconvolto. Non mi sarei mai aspettato che si sarebbe concessa a me in quel modo. Pensavo che mi sarei dovuto impegnare di più per portarmela a letto. Sicuramente non mi aspettavo che mi avrebbe fottuto fino allo stremo. Era passata una settimana da quel giorno e aveva fatto di tutto per non ritrovarsi più da sola con me in caserma. Per quanto avessi provato a scriverle, mi rispondeva soltanto per educazione.

Ma il desiderio mi stava facendo impazzire. Ero talmente messo male che qualche sera prima avevo deciso di andare al Wildlands. Visto che Maisie non voleva altro da me, tanto valeva voltare pagina e tornare alle mie solite abitudini. Ero certo che avrei trovato una donna bellissima, o magari due o tre, che avrebbero accettato volentieri di spassarsela un po' con me. Eppure, per quanto ci avessi provato, non ero riuscito a trovare nessuno. Nessuna era stata in grado di attirare la mia intenzione. Volevo soltanto Maisie. No, avevo *bisogno* soltanto di Maisie. Ormai mi aveva rovinato e non sapevo più che cazzo fare.

Riportai la mia attenzione sull'incendio. Si erano offerti volontari quattro ragazzini — tre maschi e una femmina. Controllai la linea tagliafuoco attorno al falò. C'erano almeno sei metri di terreno bagnato per contenerlo. C'era pure poco vento, quindi non c'era alcun pericolo. Notai che la ragazzina aveva qualche problema a reggere la manichetta. Spensi l'acqua e mi avvicinai a lei.

"Ti serve una mano?"

La ragazzina si sistemò il berretto con una mano e mi guardò, schizzando il ragazzino accanto a lei.

"Ehi! Attenta, Hailey," le disse.

Hailey si voltò a fulminarlo con lo sguardo. "Oh, ma zitto. È stato un incidente. Tu prima mi hai fatto la doccia, Danny," disse, indicando i jeans zuppi.

Danny alzò gli occhi al cielo e si strinse nelle spalle. Era un ragazzino smilzo, con le gambe e le braccia sproporzionate rispetto al corpo. "Stavo scherzando," replicò.

Hailey arrossì e, per un istante, mi ricordò Maisie. Era permalosa come lei, ma anche molto carina con i capelli biondo miele e grandi occhi marroni. Sicuramente a Danny piaceva e, da ragazzino stupido, aveva pensato di farla divertire schizzandola con la pompa. Ma si era sbagliato.

Hailey abbassò la mano e si sforzò di puntare di nuovo la manichetta verso il fuoco.

"Va bene... beh, io non volevo mica bagnarti," disse sbuffando a Danny.

Lanciai un'occhiata solidale e Danny e poi mi voltai di nuovo verso Hailey.

"Tienila così," le dissi, facendole vedere dove mettere le mani e come usare i fianchi per tenere ferma la pompa.

Hailey mi osservò e seguì le mie istruzioni. Mi guardò sorpresa. "Oh, così è molto meglio."

"Già. Per spegnare un incendio c'è bisogno di tutta la pressione possibile. Ci si fa l'abitudine. E poi non succede spesso di doverlo fare a mano. Di solito posizioniamo le manichette su dei supporti e lasciamo che ci pensino loro."

Hailey si morse il labbro inferiore. Mi voltai verso Danny e notai che la stava ancora guardando. Hailey non doveva essere una ragazza facile. Da quella breve interazione mi era sembrata molto sicura di sé e una a cui non piacevano le attenzioni indesiderate.

"Sono venuta qui perché è quello che voglio fare in futuro," disse quando la guardai di nuovo.

"Vuoi diventare un vigile del fuoco?"

Annuì con decisione, lo sguardo pieno di determinazione. "Eh, sì. E non un semplice vigile del fuoco, ma un hotshot."

"Ah, beh. Visto che sono un hotshot, posso dire che ammiro la tua scelta."

"Hailey, ma sei impazzita?"

Prima che potessi rispondere a Danny, Hailey gli lanciò un'occhiata velenosa.

"No! Non sono impazzita. Almeno io ho un traguardo da raggiungere," replicò.

Danny la guardò e scosse la testa. "È un lavoro difficilissimo e non sono molte le donne che riescono a superare la formazione." Si rivolse a me. "È quello che voglio fare anche io, ma continuo a ripeterle che per le donne è più difficile."

Wow. Quel ragazzino sapeva proprio come fare incazzare una ragazza.

"Oh, ma tappati la bocca, Danny! E quindi?"

In quel momento, vidi Susannah Gilmore. Susannah era la nostra unica hotshot donna. Non faceva parte della mia squadra, ma la conoscevo abbastanza bene da sapere che era bravissima nel suo lavoro.

"Susannah, tempismo perfetto," le dissi, quando ci passò accanto.

Si fermò accanto a me, i capelli biondi raccolti sotto il berretto e gli occhi azzurri che brillavano. Susannah era una bella donna, ma tra di noi non c'era alcuna scintilla. Eravamo soltanto amici.

"Cioè?" chiese.

"Hailey e Danny vogliono diventare hotshot. Ma Danny non pensa che Hailey possa farcela," spiegai, lanciando Danny in pasto ai lupi.

Era meglio che imparasse subito come *non* fare incazzare Hailey.

Il luccichio negli occhi di Susannah si fece minaccioso quando si girò verso Danny. La lasciai lì a difendere Hailey e mi allontanai. Probabilmente nemmeno a me sarebbe piaciuto molto se Maisie avesse scelto un lavoro pericoloso come il mio.

Ore dopo, mi avvolsi un asciugamano attorno alla vita e presi una tazza di caffè prima di arrivare al mio armadietto. Anni prima, la caserma di Willow Brook aveva ottenuto un generoso finanziamento federale, visto che ospitava tre squadre al completo di hotshot che lavoravano su tutto il territorio nazionale. Avevamo usato quei soldi per modernizzare la caserma ed equipaggiarla al meglio. Le docce erano di alta qualità e gli spogliatoi molto grandi, con spazio a volontà per l'attrezzatura e vestiti di ricambio. Lanciai l'asciugamano nella cesta vicino alla porta. Ero l'ultima persona rimasta in caserma. La squadra di Cade era partita per domare un incendio nei dintorni del paese. Gli altri erano andati via dopo avermi aiutato a sistemare dopo l'evento.

Aprii il mio armadietto e mentre mi infilavo le mutande sentii un gridolino. Mi girai e vidi la schiena di Maisie. Iniziò a correre via, ondeggiando i fianchi mentre i capelli raccolti rimbalzavano da una parte all'altra. Oh, perfetto. Non sapevo fosse ancora lì.

Mi venne subito duro. Mi tirai su le mutande e la seguii.

"Non c'è bisogno di correre via, Maisie," le urlai dietro mentre entravo nel largo corridoio che portava all'ingresso.

Si fermò di colpo, ma non si voltò. Oh, ottimo. Finalmente potevo parlarle faccia a faccia.

Mi avvicinai, anche se girandosi avrebbe visto subito la mia prepotente erezione, e mi fermai a qualche centimetro da lei. Dovetti fare appello a tutta la mia forza di volontà per non toccarla. Avevo qualche carta da giocare e volevo giocarmela bene.

"Continui a evitarmi," dissi, la voce più burbera di quanto volessi.

Cazzo, Maisie riusciva sempre a farmi perdere il controllo. Se prima era difficile, da quando avevo potuto sentire la sua pelle sulla mia... Beh, diciamo che il mio autocontrollo era ormai arrivato al limite.

Si voltò, lo sguardo torvo.

Eccellente. Adoravo farla arrabbiare.

Ma c'era un bel problema. Ce l'avevo talmente duro che mi faceva male.

"Non è vero!"

Mamma mia, era meravigliosa. Aveva i capelli raccolti in una spettinata coda di cavallo, con riccioli ribelli che le ricadevano sul volto arrossato. Portava dei leggings neri aderenti e una maglietta larga che le copriva i fianchi. Nemmeno quella maglietta riusciva a nascondere le sue curve rigogliose, che premevano sotto il cotone.

"Invece sì," replicai.

Incrociò le braccia e sbuffò, infastidita.

"E perché pensi ti abbia ignorato?"

Sollevai una mano, alzando l'indice. "Fino a questo momento eri riuscita a evitare di restare da sola con me per una settimana intera." Alzai un altro dito. "Le tue risposte ai miei messaggi non c'entravano nulla con quello che ti scrivevo io." Un altro dito si sollevò. "Non riesci a guardarmi negli occhi." Un ultimo dito.

"E secondo me stai fingendo che tra di noi non sia successo niente."

Mi lanciò un'occhiataccia e prese a mordicchiarsi il labbro inferiore. Maledizione. Doveva smettere di farlo. Per un attimo ero riuscito a prendere in mano la situazione, nonostante fossi in mutande davanti a lei, con l'erezione in bella vista. Grazie al cielo c'era soltanto lei.

"Mi avevi promesso che non ne avresti fatto parola con nessuno," disse dopo qualche momento di silenzio.

"Non ho detto niente a nessuno e non ho intenzione di farlo. Ma non ho mica promesso che non ne avrei parlato con te."

Mi guardava con il labbro ancora tra i denti. Abbassò le braccia e se ne mise una su un fianco. "Non vedo perché dovremmo parlarne."

Eh, no. Non doveva azzardarsi a fingere che tra di noi non ci fosse niente. Il desiderio che fremeva dentro di me era troppo forte, l'aria attorno a noi carica di un'elettricità incontestabile.

"Beh, non c'è bisogno di parlare. Esistono altri modi per comunicare," dissi lentamente, scandendo bene le parole.

Riuscivo a vedere i suoi capezzoli turgidi sotto la maglietta. Il mio pene reagì subito.

Divenne rossa come un pomodoro. Ero abbastanza vicino da vedere il pulsare frenetico della vena del collo. Non so nemmeno come riuscii a resistere alla tentazione di far scivolare la lingua sulla pelle delicata della sua gola.

"Beck..." Si fermò e fece un respiro profondo. "Senti, non penso sia una buona idea continuare a frequentarci. Lavoriamo insieme e in un certo senso sei il mio capo. Certo, è stato fantastico, ma..."

Si fermò e scosse la testa con frustrazione. "So che come al solito tu non pensi ad altro che divertirti. Ma ho bisogno di questo lavoro e non voglio che si crei un'atmosfera spiacevole."

La guardai negli occhi. Dentro di me sapevo che aveva ragione, ma in quel momento decisi di ignorare le sue preoccupazioni. La desideravo troppo. Anzi, non l'avevo mai desiderata tanto come in quel momento.

"Non si creerà nessuna atmosfera spiacevole. Ti sembra che si sia creata?" replicai.

Affondò di nuovo i denti in quel suo appetitoso labbro carnoso. Porca miseria. Stavo per perdere il controllo. Stavo provando con tutto me stesso a tenere le mani a posto e non saltarle addosso.

"Devi smetterla di farlo," dissi, il tono burbero quasi autoritario.

Strinse di nuovo gli occhi, perplessa. "Di fare cosa?" chiese, in tono evidentemente infastidito.

"Di morderti il labbro."

Smise di farlo, ma perché le mie parole la lasciarono a bocca aperta.

"Ma qual è il tuo problema?" chiese esasperata.

Decisi di essere diretto. Non aveva senso continuare a girarci intorno.

"Voglio baciarti. Ogni volta che fai così muoio dalla voglia di baciarti. Però hai visto che bravo? Sto riuscendo a trattenermi. Eppure lo vedi benissimo cosa voglio."

Maisie inspirò bruscamente.

Ottimo.

Chiuse lentamente la bocca, continuando a fissarmi. Non avevo alcun dubbio che anche lei mi desiderasse. Però si stava facendo troppe seghe mentali. In qualche modo dovevo riportarla alla realtà. Feci per toccarla, ma indietreggiò.

"Beck, non ho alcuna intenzione di mentire e fingere che non mi piacerebbe continuare a spassarmela con te. Ma non è una buona idea. E lo sai benissimo. Non voglio essere un'altra delle tue conquiste passeggere. Non sono quel tipo di donna." Fece una pausa e mi guardò con occhi incerti ma colmi di determinazione.

Non sapendo se voleva aggiungere qualcosa, decisi di rompere il silenzio.

"Maisie, sai benissimo che per me non sei soltanto una conquista passeggera. No, per me sei molto di più, l'esatto opposto. Se il problema è questo, allora mettiti in testa che non è vero."

Maisie mi fissò. Ero confuso quanto lei. Non potei credere alle mie stesse parole. Nel silenzio carico di tensione, ragionai su cos'altro dire. Sentii il cuore martellarmi contro le costole e un lieve senso di panico mi strinse il petto e la gola.

"Se non sono una conquista, allora cosa sono?" domandò.

Ottima domanda. Alla quale però non avevo risposta.

Dato che ormai ero determinato a dirle soltanto la verità, le risposi nel modo più onesto possibile.

"Non lo so."

I suoi occhi color cioccolato continuavano a fissarmi interrogativi, celando un pizzico di curiosità.

Non mi ero preparato a una conversazione simile. La mia unica certezza era che la desideravo. Quell'insaziabile appetito mi aveva fatto perdere il controllo. Non mi ero mai posto il problema di cosa ci fosse tra di noi, delle domande che avrebbe potuto farmi lei e quelle che mi sarei poi fatto io stesso. Però la desideravo ancora. Ardentemente. Confinai quei pensieri in un angolo remoto della mia mente perché in quel momento non sapevo che farmene. Anche io ero convinto che una volta sola con lei sarebbe stata sufficiente. Così, dopo esserci sfogati, avremmo potuto continuare con le nostre vite, rimanendo amici. Ero sempre riuscito a mantenere un rapporto di amicizia con le donne che frequentavo. Eppure, nessuna di loro era come Maisie. Mi aveva sempre avuto in pugno, ancora prima che decidesse di concedersi a me.

Senza più sapere come portare avanti la conversazione, decisi di cambiare argomento. "Ma poi che ci fai qui, scusa? Pensavo te ne fossi andata ore fa."

Mi sentivo un idiota a stare lì davanti a lei in mutande. Ma, grazie al cielo, non ce l'avevo più duro come prima. Quella conversazione seria sul nostro rapporto era riuscita in qualche modo a placare i miei bollenti spiriti.

Alla mia domanda, Maisie si avvolse un ricciolo attorno al dito. Lo faceva sempre quando era nervosa. Anche con i capelli legati, i riccioli da toccare non le mancavano. Erano sempre indomabili. Poi si morse di nuovo il labbro. Maledizione. Proprio quando pensavo di essere finalmente riuscito a calmarmi.

"Sono passata a cambiare l'olio del mio pick-up," mi spiegò.

Sicuramente aveva notato la mia confusione.

Arricciandosi la ciocca scura attorno al dito, incrociò il mio sguardo. "Susannah mi ha insegnato a farlo. Pensavo di aver capito, ma a casa della nonna ho notato che c'è una macchia di olio dove parcheggio la macchina."

"Oh, beh, portalo dentro. Do un'occhiata io."

Il sollievo era visibile sul suo volto e avrei tanto voluto abbracciarla. Soltanto Maisie riusciva a risvegliare in me quel lato più tenero. Non ero tipo da coccole e smancerie. Poi vicino a lei mi sentivo alto come una montagna. Dato che la desideravo da matti, non avevo alcun problema a farle un favore del genere. Mi faceva sentire ancora più uomo.

"Mi aiuteresti davvero?" chiese.

In effetti potevo approfittarne.

"Facciamo un patto."

Il sollievo nei suoi occhi si trasformò in sospetto.

"Ovvero?"

"Io controllo cosa c'è che non va nel tuo pick-up e tu smetti di fingere che tra di noi non ci sia niente."

Calò un silenzio carico di tensione. Maledizione. Mi guardò con aria pensierosa. Per un attimo temetti che mi avrebbe smascherato. Ovviamente le avrei controllato comunque la macchina. Sicuramente lo sapeva, conoscendomi.

Quando ormai stavo per perdere le speranze, finalmente rispose.

"Ok."

Non aggiunse altro.

"Ok?" domandai.

Un sospiro le sfuggì dalle labbra. Mamma mia. Amavo farla arrabbiare. Ovviamente, il mio pene reagì subito.

"Sì, ok. Apprezzo che tu voglia aiutarmi e proverò a..." Fece una pausa e agitò debolmente la mano. "... proverò a non fingere che tra di noi non ci sia niente. Non so bene che significhi, ma per il momento non ci voglio pensare troppo."

Un'ondata di sollievo mi travolse, ma provai a mascherarla.

"Affare fatto. Vado a vestirmi e nel frattempo puoi portare qui il pick-up."

Per un istante, fui quasi tentato di insistere sulla

nostra situazione. In fondo eravamo soli ed ero già mezzo nudo. Ma dovevo giocare bene le mie carte, quindi lasciarle un po' di spazio. Avevo letteralmente perso la testa. Ero sempre stato un uomo da sveltine e relazioni passeggere. Eppure, l'idea di lasciarmi sfuggire Maisie era intollerabile.

Capitolo Tredici

MAISIE

Abbassai lo sguardo sugli scarponi di Beck, che spuntavano da sotto il mio pick-up mentre controllava il filtro dell'olio. Erano soltanto stivali in pelle neri, malconci e logori. Eppure, facevano parte della sua personalità. Era talmente virile di natura che probabilmente non ci aveva mai fatto caso. In California avevo visto una quantità esorbitante di scarponi in pelle nuovi di zecca con effetto "vissuto". Sicuramente in Alaska non li vendevano neanche. Da quelle parti la frivolezza era inesistente. Molto probabilmente Beck ne distruggeva un paio dopo l'altro.

Era un vero maschio alfa, forte e con la scorza dura. Non avrebbe mai dovuto farmi alcun effetto. Passavo giornate intere circondata da uomini come lui in caserma. Tutti hotshot duri come l'acciaio. Ma soltanto Beck mi faceva venire le farfalle allo stomaco. Soltanto Beck era talmente sexy da farmi impazzire.

La prima volta che l'avevo visto mi era quasi esploso il cuore, il mio stomaco aveva preso a fare le capriole e pensieri immorali mi avevano offuscato la mente.

Continuai a fissare i suoi scarponi, ripensando alla settimana precedente. Soltanto il pensiero mi faceva eccitare di nuovo. Sentii i muscoli della mia femminilità stringersi, proprio mentre Beck stava cambiando il filtro dell'olio. Notai che ogni tanto si metteva a parlare da solo, mormorando cose a me incomprensibili.

Il mio corpo ricordò le sensazioni che mi aveva fatto provare quel giorno. La sua possente erezione dentro di me, le spinte e i colpi che ci avevano accompagnati verso il più alto dei piaceri. Deglutii nervosamente, ricacciando l'ondata di desiderio che minacciava di travolgermi. Era pura pazzia. Avevo passato tutta la settimana a dimenticare le emozioni che mi aveva fatto provare. Ero riuscita a evitare di ritrovarmi da sola con Beck, ma ogni volta che era venuto al bancone a chiacchierare aveva reso tutto più difficile. Non avevo mai notato quanto spesso passava da me e quanto in fondo la cosa mi piacesse. Trovava sempre il modo per farmi innervosire, ma alla fine era il nostro modo di comunicare e mi faceva sempre divertire. Dopo avermi lasciata in una pozza di godimento e avermi dimostrato che la realtà era decisamente meglio della fantasia, ogni volta che lo vedevo avvicinarsi fingevo di essere occupata al telefono.

Ma per quanto ancora avrei potuto continuare con quella farsa? Per quanto ancora sarei riuscita a resistergli? Mi sarei aspettata che tra di noi non ci sarebbe mai stata più che un'avventura di una notte. Mi sarei aspettata una delusione e che avrei smesso di fantasticare su di lui. Invece era riuscito a sbalordirmi, facendomi arrivare con immensa facilità all'acme del piacere. Quanto avrei voluto che mi prendesse ancora e ancora e ancora.

Sobbalzai quando scivolò fuori da sotto il pick-up.

Era sdraiato su una tavola con le ruote. Poggiò un piede per terra, mettendosi comodo su quel pezzo di legno scomodo. Una strisciolina di pelle abbronzata spuntava poco sopra i jeans, dove la maglietta si era leggermente sollevata. Una vampata di calore mi pervase. Sapevo benissimo quanto era possente e muscoloso il suo corpo, così piacevole contro le mie curve.

"Ecco fatto," annunciò con un sorrisino.

"Oh, di già? Qual era il problema?"

Rotolò più avanti e si alzò in piedi, appoggiando un piede sul bordo della tavola. "Niente di che. Avevi ragione tu, bastava stringere un po'. Dato che stava perdendo ho sostituito il filtro, perché la guarnizione era un disastro."

Raccolse gli attrezzi e mise tutto in ordine. Lo seguii con lo sguardo mentre andava a lavarsi le mani all'enorme lavandino nell'angolo. Ci trovavamo tra il mio pick-up e la parete del garage, su una piattaforma che veniva usata per la manutenzione dei veicoli. Più in là, al centro del garage, c'erano due camion dei pompieri. Il garage era illuminato soltanto nel nostro angolino.

Nonostante l'orario, fuori c'era ancora un po' di sole, che stava lentamente svanendo oltre l'orizzonte. Dalla finestra vedevo gli ultimi raggi argentati sbucare da dietro le montagne. All'esterno c'era una luce grigiastra.

Mi girai verso Beck. Gettò la carta assorbente nel cestino accanto al lavandino e si voltò a guardarmi, appoggiando le mani sul bordo del lavandino. Di solito riuscivo sempre a distrarmi quando il mio corpo reagiva a Beck, ma in quel momento purtroppo non avevo nient'altro da fare. Appena i suoi occhi verdi si posarono su di me il mio stomaco fece le capriole, mentre il cuore iniziava a battermi all'impazzata. Rimase in silenzio, a osservarmi. Saremo stati a neanche trenta centimetri di distanza. Iniziai a sentirmi soffocare, accaldata dalla testa ai piedi.

Beck allungò la mano e mi afferrò l'orlo della maglietta. Ero tornata alla caserma senza aspettarmi di incontrare nessuno. Per questo motivo, indossavo una maglietta lunga e dei leggings. Niente di che. Non mi sentivo minimamente sexy, ma il modo in cui mi stava guardando Beck risvegliò un fuoco dentro di me. Mi tirò delicatamente a sé.

Mi ci sarebbe voluto uno sforzo sovrumano per resistergli, quando ogni fibra del mio corpo non desiderava altro che fondersi alle sue. Ormai la lunga lista di motivi per cui tra di noi non ci sarebbe dovuto essere nient'altro era finita nel dimenticatoio. Mi strinse forte a sé, con un ronzio soddisfatto.

Sentivo il suo corpo solido contro le mie curve morbide. Non erano duri soltanto i suoi muscoli, ma anche l'erezione che premeva pulsante sul mio ventre. Mi lasciai andare contro di lui. Non pensavo che sarebbe stato così difficile ignorarlo per una settimana intera. Abbandonarmi a quello che volevo davvero — in poche parole, stringermi a lui e dimenticare il resto del mondo — mi diede un forte senso di sollievo. Fremevo di desiderio, ma in quel momento decisi di non opporvi più resistenza. Chiusi gli occhi e provai a riprendere fiato. Senza più combattere contro i miei bisogni, al suo tocco diventarono quasi irrefrenabili.

"Maisie."

La voce di Beck era profonda e roca. Il suono mi provocò un brivido lungo la spina dorsale. Aprii gli occhi. Quando incrociai i suoi mi sentii mancare il fiato, il cuore prese a battermi all'impazzata. Facevo fatica a sostenere quel suo sguardo intenso e ardente.

Feci un respiro profondo. "Sì?"

"Non dovresti dirmi che non possiamo farlo?"

Scossi la testa senza quasi rendermene conto.

"Devi essere più chiara," disse mentre con una mano mi palpava il sedere e con l'altra mi accarezzava i capezzoli.

Erano già turgidi e doloranti, desiderosi del suo tocco. Il modo delicato in cui stava sfiorando il tessuto sottile mi fece quasi gemere di piacere. Provai ad aggrapparmi all'ultimo briciolo di lucidità che mi era rimasto. "Più chiara in che senso?" domandai con voce strozzata.

"Hai scosso la testa. Vuol dire che non possiamo farlo o che non mi dirai che non possiamo farlo? Dimmi direttamente cosa vuoi."

A quanto pare, aveva maggior capacità di espressione di me, nonostante la voce roca. Sentivo il martellio del suo cuore contro il petto. Il suo pene spingeva all'apice delle mie cosce. Avrei preferito non mi avesse chiesto di spiegarmi meglio. Dirlo a voce alta avrebbe reso tutto più reale, un qualcosa che non avrei più potuto attribuire a un capriccio, a una decisione impulsiva.

Lo guardai negli occhi — un calore ardente mi fluì nelle vene fino a propagarsi nel ventre, l'eccitazione calda e umida tra le mie cosce — e sentii una connessione profonda fino ad allora sconosciuta. Fui quasi tentata di distogliere lo sguardo, ma non ero certo una codarda. Ero sempre determinata ad affrontare la vita di petto. Quindi ressi il suo sguardo, mentre il mio cuore batteva come le ali di uno stormo di uccelli e l'emozione mi chiudeva la gola.

Deglutii profondamente e scacciai la paura che mi tormentava. "Voglio te."

Le mie parole uscirono roche, senza fiato dall'intensità del desiderio. Per sottolinearle gli passai una mano sul pene. Gli si chiusero le palpebre e inarcò leggermente il bacino in avanti.

"Porca miseria, Maisie. Mi fai impazzire."

"Beh, allora siamo in due."

La sua risata profonda mi fece venire la pelle d'oca.

Affondò le dita nel mio fondoschiena. Con un grugnito, chinò la testa e mi passò la lingua sulla curva del collo.

"Quanto sei deliziosa," mormorò mentre mi leccava, baciava, mordeva.

Ormai mi stavo sciogliendo in una pozza sul pavimento. Per fortuna Beck mi stava stringendo a sé con forza. Finalmente le sue labbra trovarono le mie. Avevo più bisogno di baciarlo che dell'aria che mi serviva per respirare. Gli strinsi la maglietta e lo baciai con passione. C'erano i baci e poi c'erano i baci di Beck. Sarà che non ero una grande esperta, ma a me sembrava un vero professionista. Le nostre lingue danzavano insieme finché non decideva di occuparsi del mio labbro inferiore, mordicchiandolo e leccandolo prima di fiondarsi ancora nella mia bocca. Era un perfetto equilibrio di tenerezza e vigore, avidità e passione travolgente. Quando si staccò dalle mie labbra avevo già iniziato a strofinarmi sul suo ginocchio, che a un certo punto mi aveva infilato tra le cosce. Mi aveva sollevato la maglietta e mi stava stuzzicando i capezzoli fino a farmi perdere la ragione.

Capitolo Quattordici

BECK

Mi staccai da Maisie e feci un respiro profondo. Ormai ero completamente perso nel vortice della passione che soltanto lei riusciva ad accendere in me. Aveva le labbra umide e gonfie per il bacio, gli occhi intensi e offuscati, la pelle tutta arrossata. Stava sfregando il bacino contro la mia coscia e ce l'avevo duro come il marmo, sul punto di scoppiare.

Di solito riuscivo sempre a controllarmi. Amavo il sesso e amavo fare impazzire le donne. Eppure, non era altro che un viaggio verso la meta finale. Ma con Maisie era tutt'altra cosa. Oh, era desiderio, brama, ma anche molto di più. Non pensavo soltanto ad arrivare al traguardo. Mi perdevo nelle sensazioni del momento — il suo seno pieno tra le mani, i capezzoli turgidi tra le dita, l'eccitazione umida tra le sue gambe che premeva contro la mia coscia. Con lei non riuscivo mai a mantenere il controllo. Mi lasciavo trasportare dalla pura, cruda libidine senza alcun filtro, mescolata a qualcos'altro. Qualcosa a cui preferivo non pensare in quel momento.

Sollevai il suo corpo morbido e formoso tra le braccia e non riuscii a trattenere un sorrisetto compiaciuto quando mi avvolse le gambe attorno alla vita. Il suo profumo muschiato mi pervase le narici. Porca miseria. Soltanto quello bastò a farmi eccitare ancora di più. La portai dietro il pick-up e aprii il portellone con una mano.

"Che stai...?"

Le sue parole vennero soffocate da un sussulto quando la poggiai sul pianale posteriore e con una mano le accarezzai il cotone umido tra le cosce.

"Cazzo, sei bagnatissima," mormorai.

Le sfuggì un gemito quando feci più pressione e passai le dita sopra il clitoride.

Ormai non riuscivo più a ragionare, ma avevo un unico obiettivo. Spostai con riluttanza la mano e le afferrai l'elastico dei leggings. Per aiutarmi schiaffò via le mie mani e se li sfilò in un baleno. Poi si preoccupò di togliermi la maglietta. Quando la testa mi rimase incastrata nel colletto imprecò. Con una risata, portai una mano dietro la schiena e la sfilai. Maisie iniziò a sbottonarmi i jeans, ma le presi le mani per fermarla.

Il suo sguardo guizzò verso il mio, gli occhi colmi di impazienza.

"Non preoccuparti, facciamo con calma."

Le afferrai l'orlo della maglietta e la sfilai, lasciandola poi cadere a terra accanto alla mia. Cazzo. Maisie era meravigliosa. Il seno premeva contro il reggiseno nero in seta, i capezzoli boccioli turgidi. Sarà stata soltanto la seconda volta che la spogliavo, ma sembrava prediligere biancheria nera di seta. Ma in fondo non avrei dovuto sorprendermi. Il suo look aveva un non so che di goth, ma la pelle color panna, le lentiggini e il suo aspetto adorabile contrastavano troppo con quello stile.

Pizzicai il fermaglio tra i suoi seni, liberandoli dal reggiseno. In neanche mezzo secondo mi chinai su di essi. Sentivo il *bisogno* fisico di gustarla, di sentire i capezzoli inturgidirsi tra le labbra e sotto la lingua. Si inarcò contro di me, lanciando un urlo quando la morsicai piano. La afferrai per i fianchi e la tirai verso il bordo del pianale, i suoi polpacci a penzoloni attorno alla mia vita. Iniziai a scivolare sul suo corpo, sulla morbida curva del ventre, fino a tracciare una scia di baci tra le cosce.

Iniziò a dimenarsi contro di me quando le divaricai le gambe. La seta dell'intimo era impregnata della sua eccitazione. Avrei tanto voluto prendermela con calma, ma dovevo vederla. Infilando un dito sotto l'orlo delle mutandine gliele sfilai, per poi ficcarmele in tasca. Non le avrei mai permesso di tornare a casa con quelle indosso. Posai lo sguardo sul suo sesso, rosa e lucido. In quel momento mi resi conto che era troppo pura per prendermela in un posto del genere. Oh, non certo pura nel senso di *casta*. Ma era così maledettamente bella, cruda e onesta nelle sue reazioni fisiche. Eravamo in un posto sempre pieno di uomini che tornavano ricoperti di fuliggine. Era un posto assolutamente virile, mentre lei era la personificazione della femminilità.

Feci scivolare lentamente le mani lungo le cosce, divaricandole sempre più. Le passai un dito sul sesso — porca troia, era bagnata fradicia. Per poco non mi cedettero le ginocchia. L'odore dei suoi umori era quasi una droga. Infilai un dito dentro di lei, che inarcò il bacino contro la mia mano.

"Beck, non farmi aspettare. Ti prego," mormorò ansimante.

"Oh, non ti farò aspettare. Questo è soltanto il primo round."

Mi abbandonai ai desideri del mio corpo e le tracciai la fessura con la lingua. Prese a dimenarsi e mi afferrò i capelli. Aggiunsi un altro dito e iniziai a fotterla mentre gustavo ogni centimetro della sua femminilità. Il sapore salato e dolce mi stava facendo impazzire. Amavo il modo in cui non si tratteneva mai. Davanti agli altri si nascondeva dietro un muro di diffidenza e scontrosità, ma quando abbassava la guardia lasciava emergere la sua forte personalità.

Mentre assecondava i miei movimenti con il bacino continuavo a leccarla, stuzzicando e tormentando il clitoride, con le dita ancora dentro di lei. Quando la sentii pulsare feci passare la lingua sul bocciolo e lo presi tra le labbra. Urlò il mio nome e con un gemito profondo esplose sotto di me.

Mi ritrassi leggermente, riluttante ad allontanarmi troppo da lei. Avrei potuto ricominciare da capo, ma non poteva aspettare ancora. Si appoggiò su un gomito e allungò una mano verso i miei jeans. Ce l'avevo talmente duro che avrebbe quasi potuto lasciare l'impronta sui pantaloni. Lo liberò in un secondo e riuscii appena in tempo a sfilarmi il portafoglio di tasca e prendere un preservativo.

Me lo rubò di mano e aprì la bustina con una forza pazzesca, rischiando quasi di rompere pure il preservativo. Le presi le mani tra le mie. "Piano. Ne ho solo uno, quindi è meglio se non lo rompi."

Sbuffò. "Ho bisogno di..."

"Oh, anche io ne ho bisogno," dissi, quasi in un grugnito. Le mie parole le strapparono una risata. "Lascia, ci penso io."

Me lo infilai in tempo record. La guardai e mi sentii scoppiare il cuore. Era così splendida da togliermi il fiato. I capelli adesso sciolti le ricadevano spettinati sulle spalle. Ero invidioso dei riccioli posati sul seno, avvolti attorno ai capezzoli. Avrei voluto avere più mani per toccare ogni centimetro del suo corpo. Con le guance arrossate, le curve generose e le lentiggini disseminate sulla pelle era la donna più bella che avessi mai visto.

Con il desiderio che pulsava violentemente dentro di me, posizionai la punta del pene davanti alla sua fessura e affondai dentro di lei con un colpo solo. La sua eccitazione rese tutto più facile. Sussultò e le si chiusero gli occhi.

Per qualche motivo avevo bisogno che mi guardasse.

"Maisie."

I suoi occhi marroni si aprirono. Quando incrociò il mio sguardo, non lo distolse. Ero già al limite, ma per qualche miracolo non esplosi subito. Rimasi fermo per un momento dentro di lei e poi iniziai a muovermi. Con le sue gambe avvolte attorno alla vita, trovammo presto un ritmo. Il suo respiro affannato e lo sguardo fisso nel mio mi fecero venire una vampata di calore lungo la schiena e mi si contrassero i testicoli.

Volevo soltanto farla godere. Feci per allungare una mano tra di noi, ma mi anticipò. Ero già fuori di me, guidato soltanto dal desiderio più ardente e irrefrenabile che avessi mai provato. Vederla massaggiarsi il bocciolo gonfio mi fece perdere anche l'ultimo briciolo di lucidità. L'orgasmo mi travolse con un impeto che mi fece cedere le ginocchia. Affondai dentro di lei con così tanta forza che vidi le stelle. Mi gettai in avanti, prendendola tra le braccia.

Il metallo del pianale riecheggiò quando il peso dei nostri corpi ci rimbalzò sopra. Con la testa poggiata alla morbida curva del suo collo cercai di riprendere fiato, mentre il suo profumo mi pervadeva le narici. Sentivo il battito del suo cuore contro la guancia. Rimasi immobile, godendomi quel momento di intimità con Maisie tra le braccia. Quanto mi sarebbe piaciuto rimanere così per sempre.

fiato, mentre il suo profumo mi pervadeva le narici. Sentivo il battito del suo cuore contro la guancia. Rimasi immobile, godendomi quel momento di intimità con Maisie tra le braccia. Quanto mi sarebbe piaciuto rimanere così per sempre.

MAISIE

Scavalcai una pozzanghera e aprii la porta del Firehouse, facendo risuonare le campanelle. Mi fermai all'ingresso e mi guardai intorno. Il locale era gremito di gente. I cittadini di Willow Brook ci si radunavano spesso per prendersi un buon caffè e mangiare qualcosa. D'estate si aggiungevano anche i turisti, che soprattutto durante le giornate di pioggia cercavano un posto al chiuso perché le attività all'aperto diventavano impossibili da praticare.

Al centro del paese, sulla Main Street, il Firehouse era ospitato nella vecchia caserma di Willow Brook. L'alto palazzo quadrato era stato completamente rinnovato e il garage trasformato in una sala ristorante, con una pasticceria a vista e una cucina sul fondo. Il palo al centro era decorato con fiori dai colori accesi, che insieme ai quadri e ai dettagli colorati sparsi per la sala creavano un ambiente stravagante e invitante. Dei tavoli quadrati in legno erano sparpagliati davanti a un bancone, che li separava dalla cucina e dalla pasticceria.

Mi feci strada tra un gruppo di turisti fermi all'ingresso e mi misi in fila. Quella mattina mi ero svegliata tardi e avevo dimenticato di prendere il pranzo dalla cucina. Stavo morendo di fame e avevo proprio bisogno di un caffè. Avevo passato due notti insonni. Beck era il mio unico pensiero fisso — giorno e notte. Dopo l'incontro focoso in caserma, ormai corpo e mente gli erano completamente devoti. Mi scappò quasi una risata. Avevo fatto il sesso migliore della mia vita — per la seconda volta — in una caserma dei pompieri, dove lavoravo. Ma quell'uomo mi faceva perdere completamente il controllo. Un suo tocco bastava a scatenare tutto il mio desiderio.

"Che c'è di così divertente?"

Mi voltai e vidi Lucy Caldwell che si stava mettendo in fila. Aveva i capelli raccolti in una coda di cavallo spettinata e bagnati fradici come i miei. Quella mattina avevo dimenticato anche l'impermeabile.

Non potevo certo dirle che stavo pensando alle mie avventure sessuali con Beck. Per l'amor del cielo. Quindi mi strinsi nelle spalle. "Oh, non è niente. Come stai?" le chiesi subito per cambiare argomento.

"Sto morendo di fame. Tu?"

"Idem."

Gli occhi azzurri di Lucy incrociarono i miei. "Ti va di mangiare insieme? Sarà una bella impresa trovare un tavolo."

"Certo," risposi.

Era una cosa normalissima, ma io non c'ero abituata. Prima di trasferirmi a Willow Brook ero stata sballottata da una città all'altra. Per questo motivo, non ero mai riuscita a farmi dei veri amici. Dopo aver lasciato casa di mio padre ero troppo impegnata con il lavoro e lo studio per trovare il tempo di socializzare. Willow Brook era una cittadina accogliente, eppure ancora non mi ero abituata a sentirla come casa.

Susannah aveva dovuto implorarmi di uscire insieme a lei per quasi un anno prima che cedessi.

"Ehi, ciao Lucy," disse una voce maschile.

Mi voltai e vidi Levi Phillips che si avvicinava. Lavorava nella squadra di Cade e una marea di donne gli sbavavano dietro. Con i capelli biondo scuro, occhi azzurri e fisico da paura era una vera delizia per gli occhi. Ma ovviamente, a me non faceva alcun effetto. Soltanto con Beck sentivo le farfalle nello stomaco.

Levi mi guardò. "Ehi, Maisie. Sei in pausa?"

Annuii. "Già, oggi ho dimenticato di portare il pranzo."

La fila avanzò e Levi si fermò accanto a noi e bevve un lungo sorso di caffè. Molto probabilmente se ne stava andando.

Si infilò una mano in tasca e si rigirò verso Lucy. Notai che era piuttosto nervosa.

"Ti sei dimenticata le buone maniere?" le chiese Levi, un sorrisetto furbo sulle labbra.

Lucy sbuffò e mi lasciò ancora più confusa.

"Ciao, Levi. Come stai?" chiese, in tono piatto.

Levi mi guardò e fece l'occhiolino.

"Sono in gran forma. Tu?"

Lucy incrociò le braccia. "Sto bene. Se non ti dispiace, io e Maisie siamo qui per pranzare."

E così il nostro incontro casuale si trasformò in un appuntamento. Ok. Nessun problema. Ancora non avevo capito la situazione, ma le avrei dato tutto il sostegno che poteva servirle.

Levi inarcò un sopracciglio, sorridendo con malizia. Poi si strinse nelle spalle. "D'accordo, signore. Allora vi auguro un buon pranzo."

Lucy si girò dall'altra parte. Guardai Levi, dispiaciuta per il modo in cui l'aveva trattato. Levi era un bravo ragazzo. In caserma aiutava sempre tutti. Dagli altri ragazzi avevo sentito che sul lavoro era un vero mostro e che non si faceva intimorire da niente.

Levi non sembrava esserci rimasto male. "A Lucy dà fastidio quando le viene detto che è bellissima. A quanto pare le ho fatto un torto," mi spiegò.

Lucy mormorò qualcosa e si voltò verso di lui. Aprì la bocca per rispondergli, ma poi la richiuse. Dopo un secondo, disse piattamente. "Buon pomeriggio, Levi."

Levi rise e si avviò verso la porta, dove le campanelle accompagnarono la sua uscita di scena. Finalmente arrivò il nostro turno. Ero curiosa di sapere cosa ci fosse tra Lucy e Levi, ma era il momento di ordinare.

Janet James ci salutò con un sorriso raggiante. "Ciao, ragazze. Cosa gradite?"

Janet era la proprietaria del Firehouse ed era praticamente sempre lì. Era stata una cara amica di mia nonna. Avevo ricordi di lei a casa della nonna quando andavo a farle visita da bambina. Era una donna deliziosa, con occhi marroni calorosi, il sorriso sempre sulle labbra e un profondo istinto materno. Dopo la morte della nonna mi era stata vicina, offrendomi tutto il suo sostegno. Era stata proprio lei a trascinarmi dall'avvocato. Se non ci fosse stata lei a trattenermi — e avessi avuto i soldi — sarei tornata subito in California.

"Prima di tutto mi serve il caffè più forte che hai," dissi.

Janet ride. "Un espresso doppio senza zucchero può andar bene?"

"Perfetto."

Stranamente, ero piuttosto esigente in fatto di caffè — sicuramente perché avevo lavorato in un bar nella trendy San Francisco. Il caffè del Firehouse era buonissimo e Janet sapeva i miei gusti. Due shot di espresso mi avrebbero di certo aiutata a svegliarmi.

"Lucy?" domandò Janet.

"La stessa cosa," rispose subito.

"D'accordo," disse Janet, dandoci le spalle. "Andate a cercare un tavolo. Tra qualche minuto arrivo con i caffè e mi dite cosa volete mangiare."

Grazie a un colpo di fortuna, una coppia si stava alzando da un tavolino in un angolo. Lucy corse ad accaparrarselo. Scivolai sulla sedia di fronte a lei e si sedette con un sospiro.

"Quel Levi Phillips proprio non lo sopporto," dichiarò.

"Beh, l'ho notato."

Ancora non la conoscevo bene, ma visto che l'aveva detto apertamente non mi feci troppi problemi a parlare onestamente.

Lucy si tolse l'elastico e si passò le dita tra le ciocche bagnate. Levi aveva ragione. Era bella da togliere il fiato. I capelli biondi le ricadevano sulle spalle spettinati e umidi, aveva la pelle color panna e gli occhi azzurri. In quel momento indossava l'uniforme di lavoro, ovvero jeans malconci sporchi di fango, una maglietta larga e degli scarponi in pelle.

Lucy si mise l'elastico al polso e mi guardò, con un sorriso mesto. "Lo so, non riesco a trattenermi."

"Perché non lo sopporti?" le chiesi, curiosa.

"Continua a chiedermi di uscire a cena con lui," rispose, arrossendo leggermente.

Non mi aspettavo che l'avrei mai vista così nervosa. Lei e Amelia erano due donne dall'aria quasi minacciosa, dovendo lavorare in un settore dominato dagli uomini con la loro impresa edile Kick A** Construction. Inoltre, la settimana precedente aveva parlato molto negativamente delle relazioni sentimentali. Sinceramente la vedevo come lei — nessuna delle due pensava che valesse la pena frequentare qualcuno.

Valutai come rispondere. Se non avesse provato niente per Levi, probabilmente i suoi inviti a cena non le avrebbero dato tanto fastidio. Non reagiva in quel modo perché lui era troppo insistente. Ma le sue attenzioni la mettevano a disagio. E secondo me perché in realtà i sentimenti c'erano. Non mi sentivo un'esperta d'amore, ma da quello che avevo visto il loro rapporto era fin troppo simile a quello tra me e Beck.

Ma c'era un'enorme differenza: Beck mi aveva fottuta fino allo stremo. Due volte.

Non riuscivo praticamente mai a smettere di pensare a lui. Era un vero sollievo potermi concentrare sui problemi di un'altra donna.

"Quindi immagino tu non voglia uscire a cena con lui," risposi.

Lucy alzò gli occhi al cielo e sospirò. "Non proprio."

"Non proprio?"

In quel momento, Janet arrivò al nostro tavolo. Ci passò i caffè e tirò fuori il taccuino. "Allora ragazze, che vi porto da mangiare?"

"Per me la specialità del giorno," rispose Lucy.

"Burger di salmone e patate dolci fritte. Va bene?" le chiese Janet.

Lucy annuì con decisione. "Mangerei qualsiasi cosa preparata da te, ma grazie per l'informazione."

Janet rise e mi guardò.

"Anche io."

"Beh, è stato facile," disse Janet con una risatina, infilandosi il taccuino nella tasca anteriore del grembiule.

"Quand'è che cedi e accetti di uscire con Levi?"

chiese a Lucy, guardandola con un sorrisino furbo sulle labbra.

Lucy, che stava bevendo il caffè, lo sputò per lo shock. Le passai un tovagliolo e rimasi in silenzio. Janet riusciva a ficcare il naso dappertutto. Oltre Susannah, era l'unica persona che potevo definire un'amica. Probabilmente per via della sua amicizia di lunga durata con mia nonna. Sentiva un forte senso di responsabilità nei miei confronti. Ero già riuscita a eludere parecchie sue domande sulla mia inesistente vita sociale.

"Ma origli sempre le conversazioni degli altri?" le chiese Lucy. Con le guance rosso pomodoro, le lanciò un'occhiataccia.

Janet annuì. "Certo. Sento praticamente tutto quello che dice la gente in fila. Levi ti fa il filo da mesi e proprio non capisco perché l'hai rifiutato. Ti piace, è ovvio."

Lucy scosse la testa. "Le relazioni non fanno per me. Quante volte devo dirtelo?"

Janet fece spallucce. "Fai come vuoi. Però secondo me ti sbagli."

Il suo sguardo perspicace si posò tra di noi. "Siete due gocce d'acqua. Due ragazze in gamba che amano la propria indipendenza."

Per fortuna la chiamarono al bancone. "Tra un po' arrivo con i burger," disse prima di voltarsi per andarsene.

Lucy mi guardò e scosse la testa. "Oh, mio Dio. Le voglio un mondo di bene, ma è una vera ficcanaso."

"Concordo in pieno," dissi con una risata.

Bevvi un sorso di caffè, assaporandone il gusto intenso e amaro. "Beh, non sono brava in queste cose, ma se quel *non proprio* non è un rifiuto netto, allora non ci vedo niente di male in una cena."

Rimasi colpita dalle mie stesse parole. Chi mi credevo di essere per dare consigli sentimentali?

Lucy mi guardò, ancora leggermente rossa in viso. Dopo un istante, sospirò e passò un dito sul bordo della tazza di caffè. "Senti, sono seria quando dico che le relazioni non fanno per me. Certo, Levi è un bravo ragazzo, ma frequentare qualcuno porta soltanto guai. Prima o poi smetterà di vedermi come un trofeo da dover assolutamente vincere e mi lascerà in pace."

Alle sue parole mi si strinse il cuore. Non sapevo nulla sul suo passato e non avevo idea di chi le avesse spezzato il cuore, ma i suoi occhi erano colmi di dolore e sofferenza. Ero convintissima che la vita da single fosse l'unica adatta a me, eppure ero pronta a dire a Lucy, una donna che conoscevo a malapena, che forse avrebbe dovuto espandere i suoi orizzonti. La sua ostinazione mi fece quasi star male.

"Forse. O forse no. Qualcosina su Levi la so, visto che lavoro alla caserma. È molto paziente. E un bravo ragazzo. So che molte ragazze gli vanno dietro, ma a differenza di altri non gli piace vantarsene."

Non potevo credere alle mie stesse parole. Prima di tutto, Lucy la conoscevo appena. Magari quei discorsi la facevano infuriare. Ero terribilmente inesperta in fatto di rapporti di amicizia e mi ero catapultata in quella discussione senza averne alcun diritto. Stavo difendendo Levi nonostante fosse molto simile a Beck. Eppure, sapevo che era davvero un bravo ragazzo. Sexy e sciupafemmine sì, ma non stronzo. Qualcosa mi diceva che non andava dietro a Lucy soltanto perché era bellissima.

Iniziai a pensare a Beck. Gli piacevo davvero o per lui conquistarmi era soltanto una sfida? Ma non era il momento di fissarmi sull'argomento. O meglio, sarebbe stato meglio non pensarci mai.

Il rossore sulle guance di Lucy si fece più intenso e arricciò le labbra. "Oh, cielo. Speravo di aver trovato uno spirito affine."

"Oh, scusami, non..."

Agitò la mano, per tranquillizzarmi. "Non preoccuparti. Ultimamente Amelia è l'emblema del 'lieto fine'. Prima era sempre acida e nervosa, ma da quando ha ritrovato Cade tra loro è tutto rose e fiori. Mi fanno quasi venire da vomitare. Però hai ragione. Non dovrei prendermela tanto."

Janet arrivò con i nostri piatti. "Volete altro caffè?"

Finii il mio e annuii. "Quando puoi, grazie."

Prese la mia tazza e si allontanò.

Io e Lucy iniziammo a mangiare e a chiacchierare del più e del meno. Prima di andarmene, Lucy mi aveva fatto promettere che avrei partecipato alla serata di carte per sole donne che organizzava con Amelia ogni settimana.

Continuavo a pensare a Beck, i miei pensieri come un boomerang. Anche quando riuscivo a distrarmi per un po', riusciva subito a infiltrarsi di nuovo nella mia mente. La conversazione con Lucy mi aveva lasciata un po' confusa, nonostante avessimo parlato di lei e Levi. Perché mi ero sentita così triste? A me che importava se aveva deciso di evitare a qualunque costo qualsiasi relazione sentimentale? Probabilmente mi rivedevo fin troppo in lei.

Capitolo Sedici

BECK

Il rumore delle eliche che falciavano l'aria era stranamente confortante. Appoggiai la testa al sedile dell'elicottero e sospirai. Ero stanco morto, così come il resto dei miei ragazzi. Avevano richiesto il nostro aiuto per un incendio indomabile nell'Alaska centrale. Dopo due settimane di lavoro, una squadra di Fairbanks era arrivata a sostituirci. Ci trovavamo nel bel mezzo di un'altra estate arida che, come al solito, teneva occupati tutti gli hotshot dello Stato. Le vaste foreste di abete rosso erano state devastate dai coleotteri che si nutrivano del loro legno, arrivati in Alaska attraverso i carichi di legname provenienti dall'Asia. Erano riusciti a sopravvivere depredando le nostre rigogliose foreste, lasciandosi alle spalle acri e acri di alberi morti. Con tutta quella legna, durante le estati aride e torride gli incendi scoppiavano e si propagavano in fretta, diventando quasi indomabili.

Mi girai a osservare il panorama sotto di noi. Durante il lavoro era facile dimenticare che fosse un terreno sacro. L'Alaska era di una bellezza mozzafiato. Vidi alcune zone di foresta bruciata, ma più a sud la vegetazione tornava a essere più verde e rigogliosa. Il Denali, la vetta più prominente della catena dell'Alaska, svettava alto nel cielo, la cima ammantata da soffici nuvole bianche.

Rimasi per un istante senza fiato. Ero nato e cresciuto in Alaska, quindi i suoi meravigliosi panorami mi avevano accompagnato per tutta la vita. Eppure, ogni tanto riuscivano ancora a stupirmi. Mio nonno, morto ormai da anni, era solito chiamare "Cattedrale di Dio" la natura selvaggia dell'Alaska. Non era stato un uomo particolarmente pio, eppure credeva fortemente che l'uomo dovesse rispettare la terra su cui viveva. Feci un respiro profondo e osservai le montagne sotto di noi. Il sottile nastro di un fiume scintillava sotto i raggi del sole. Seguii con lo sguardo il corso d'acqua, fino alla linea tra terra e cielo.

Willow Brook comparve all'orizzonte e pensare a Maisie, che era ormai fissa nella mia mente da settimane, mi fece battere forte il cuore. Durante il lavoro il tempo per riflettere non c'era. Per noi hotshot le giornate erano praticamente infinite. Nella zona settentrionale dell'Alaska in cui avevamo appena passato due settimane il sole sorgeva alle quattro del mattino e tramontava completamente soltanto dopo la mezzanotte. Durante l'estate, la 'notte' non durava più di qualche ora. Soltanto in quel momento di estrema stanchezza trovai finalmente un po' di tempo di pensare, prima di cadere in un sonno profondo senza sogni. Ma nella mia testa c'era soltanto Maisie. Mi era mancata. Non mi era mai mancato nessuno così tanto.

Era una sensazione strana — talmente strana da crearmi fastidio fisico. Probabilmente l'avrei trovata in caserma all'arrivo. Ovviamente conoscevo i suoi orari di lavoro. In realtà ci avevo sempre fatto caso, sin dal suo primo giorno da noi. Arrivare in caserma e trovarla lì era sempre stata una delle mie gioie quotidiane. All'inizio adoravo il suo atteggiamento strafottente. Ormai era cambiata drasticamente, ma facevo sempre di tutto per provocarla perché mi piaceva troppo farla incavolare. Non solo, mi faceva eccitare. Maisie mi faceva eccitare. Ripensai all'ultima volta che ci eravamo visti e mi venne subito duro.

Era il giorno dopo l'incontro di fuoco nel garage della caserma. Il mattino seguente ero dovuto partire con la mia squadra. Era il mio lavoro, quindi ero assolutamente abituato a stare via per settimane. Eppure, avevo sentito il bisogno di passare alla sua scrivania prima di partire. Non so bene cosa mia aspettassi, ma sicuramente più di quello che mi aveva dato.

Con mio immenso dispiacere aveva ricominciato a ignorarmi. Quella donna riusciva a farmi impazzire in tutti i modi possibili. Non ero certo un ragazzo da relazioni serie. Pensavo che sarei riuscito a tenere sotto controllo il desiderio irrefrenabile che Maisie aveva scatenato in me. Invece, la situazione mi era sfuggita di mano. Dopo averla gustata una volta ne volevo ancora. Si era rivelata passionale e audace proprio come mi immaginavo. La realtà non aveva fatto altro che aggiungere carburante al fuoco del mio desiderio.

Iniziai ad agitarmi al ricordo di Maisie che urlava e si dimenava sotto di me. Cazzo. Ero fottuto. La cosa avrebbe dovuto spaventarmi, eppure non lo fece. Anzi, era arrivato il momento di farmi avanti. Ma che cavolo mi era successo? Non era certo da me. Maisie era terribilmente sexy e non riuscivo a fare a meno di lei. Ma non solo. Ogni volta che pensavo a lei mi scoppiava il cuore. Era una sensazione nuova, estranea. Non faceva altro che alimentare il desiderio e viceversa.

Il pilota disse qualcosa al microfono e poi inclinò

l'elicottero verso la pista di atterraggio dietro la caserma. Come tutte le altre cittadine e paesi dell'Alaska, anche Willow Brook disponeva di un piccolo aeroporto. Poiché la rete autostradale non raggiungeva tutti i territori dello stato era necessario spostarsi in aereo. Nell'aeroporto di Willow Brook c'era giusto qualche hangar. La pista d'atterraggio era poco distante dalla caserma, in posizione perfetta per il nostro eliporto.

Dopo l'atterraggio sbarcai insieme ai miei ragazzi. Fred Banks, il pilota, mi passò l'attrezzatura con una pacca sulla spalla. "Ci rivediamo tra qualche settimana, sì?"

I suoi occhi azzurri si incresparono agli angoli quando mi voltai verso il suo viso avvizzito. Fred era un uomo duro come la roccia, con i capelli brizzolati, il fisico snello e il sorriso sempre sulle labbra. Dopo giorni e giorni di estenuante lavoro era sempre bello rivederlo.

"Immagino proprio di sì, Fred. Adesso dove vai?" chiesi a mia volta.

"Stanotte resto qui, ma domani vado a Fairbanks. Ho del lavoro da fare."

"Ah, beh, prima di ripartire passa al Firehouse a berti un buon caffè."

Fred mi fece l'occhiolino. "Senz'altro. Janet mi prepara sempre anche il pranzo al sacco."

Con una risata, lo salutai e mi diressi verso la caserma. "Tipico. Alla prossima."

Aumentai il passo. Di solito non mi fermavo mai finché non arrivavo alle docce. Ma quel giorno volevo prima vedere Maisie. Aprii la porta con un calcio e attraversai il corridoio che portava all'ingresso. Un altro calcio all'altra porta ed eccola lì.

Era seduta dietro il bancone ricurvo dell'accoglienza. I suoi riccioli indomabili erano raccolti approssimativamente in una coda di cavallo. Il suo sguardo si sollevò dallo schermo del computer e arrossì appena mi vide. Anche se voleva continuare a ignorarmi, a me non importava minimamente.

Capitolo Diciassette

MAISIE

Guardai Beck e sentii le guance in fiamme. Indossava jeans malconci e scoloriti sporchi di terra, e una maglietta grigia che metteva in bella mostra il petto e le braccia muscolosi. Il borsone dell'attrezzatura cadde a terra con un tonfo. Ci misi un attimo a realizzare che stava venendo da me. In un secondo arrivò al mio fianco, gli intensi occhi verdi che mi scrutavano l'anima.

Iniziò a battermi forte il cuore e rimasi senza fiato. Soltanto il suo sguardo mi fece avvampare e pulsare di desiderio. Era stato via per due settimane e mi era mancato da morire. Sentivo il cuore martellare contro le costole mentre lo guardavo. I suoi riccioli corvini erano spettinati e arruffati. Probabilmente erano giorni che non si faceva una doccia, se non settimane. Quando erano in missione non avevano acqua corrente, quindi dovevano accontentarsi di bagnarsi in qualche fiume. Nonostante fosse un vero disastro, ero così felice di vederlo che l'emozione mi serrò la gola.

In quegli anni avevo fantasticato su di lui quando avevo abbassato troppo la guardia. Ero perfino abituata alle sue lunghe assenze. In fondo era il suo lavoro. Le squadre di hotshot partivano a rotazione e stavano via per settimane. Non pensavo che mi sarebbe mancato così tanto. Prima di allora mi sentivo quasi sollevata quando partiva. Le sue provocazioni mi facevano impazzire ed ero sempre stata determinata a mantenere le distanze di sicurezza. Senza di lui potevo rilassarmi e non preoccuparmi del desiderio irragionevole del mio corpo.

Dopo essermi concessa a lui ero come impazzita. Quando riuscivo a non pensare a noi due andava tutto bene. Ma ormai era diventato impossibile. Purtroppo mi ero sbagliata terribilmente: la fantasia non avrebbe mai potuto battere la realtà.

Me lo mangiai con gli occhi. Afferrò lo schienale della sedia e mi girò verso di sé. Dovetti fare appello a tutta la mia forza di volontà per non saltargli addosso

Wow. Quest'uomo ti ha fatto perdere completamente la testa. Datti un po' di contegno.

Ma nemmeno la ramanzina aiutò a placare il desiderio che si stava scatenando in me o a tranquillizzare il mio cuore, che batteva all'impazzata per la gioia di poterlo finalmente rivedere. Ovviamente mi preoccupavo sempre per i ragazzi quando partivano in missione. Il loro era un lavoro pericoloso, però allo stesso tempo sapevo anche che si trattava di veri professionisti, quindi cercavo di pensare sempre positivo. Ma in quelle due settimane senza Beck ero terrorizzata che potesse succedergli qualcosa. Che sarebbe potuto morire. Soltanto l'anno prima una delle squadre era rimasta coinvolta in un incidente aereo. Se l'erano cavata tutti con ferite lievi, ma sarebbe potuta andare molto peggio.

Beck mi prese alla sprovvista quando si chinò tra le

mie ginocchia. Proprio quando prese le mie mani tra le sue ricevetti una chiamata di emergenza.

Dovetti distogliere lo sguardo. Mi lasciò andare una mano e strinse l'altra tra le sue. Mi voltai e risposi con il pulsante alla telefonata.

"911, come posso aiutarla?"

"Ciao, Maisie, sono Carrie Dodge."

Ero quasi scoppiata a ridere la prima volta che qualcuno mi aveva chiamata per nome dopo aver telefonato al numero delle emergenze. Ero l'unica centralinista di Willow Brook e venivo coperta da Anchorage, quindi era normale mi conoscessero tutti. Lo trovavo comunque molto divertente. E mi faceva anche provare uno strano senso di appartenenza.

"Salve Carrie. Di che emergenza si tratta?" le chiesi.

L'ultima volta che Carrie aveva telefonato ci aveva messo ben dieci minuti a dirmi che era rimasta intrappolata in un escavatore caduto in un fosso. Beck iniziò ad accarezzarmi con il pollice il dorso della mano. La sua pelle ruvida mi fece ripensare al suo tocco su ogni centimetro del mio corpo. Strinsi le cosce, ma in quel momento non potevo pensare a lui, quindi gli lanciai un'occhiataccia.

"Oh, Herman è rimasto intrappolato di nuovo sullo stesso albero. Di solito uso l'escavatore per salvarlo. Diciamo che è un gioco che ci divertiamo a fare. Ma se ricordi, l'ultima volta non è finita bene."

"Sì, ricordo. Lei sta bene?"

La sentii sbuffare e trattenni una risata.

"Io sto bene. Ho bisogno che qualcuno venga a tirarlo giù dall'albero," rispose.

"D'accordo. Mando subito una squadra."

"Questa volta non dobbiamo stare al telefono a chiacchierare, vero?"

"Questa volta non ce n'è bisogno, visto che è al sicuro. Se i ragazzi non arrivano entro un quarto d'ora mi richiami, d'accordo?"

Chiuse la telefonata senza nemmeno rispondere. Scossi la testa e abbassai lo sguardo su Beck. Uno strano brivido mi pervase e il cuore iniziò a martellarmi nel petto. Si appoggiò alla parete alle sue spalle, senza staccarmi gli occhi di dosso. Era un momento troppo intimo, quasi asfissiante, e non sapevo che fare. Quindi mi concentrai sul lavoro.

"Mi dispiace, ma devi radunare un po' di gente e andare ad aiutare Carrie Dodge. Herman è rimasto bloccato su un albero."

Un sopracciglio scuro si sollevò per la confusione. "Herman?"

"Il suo gatto."

La sua risata profonda mi fece venire le farfalle allo stomaco e la pelle d'oca.

"Le altre squadre dove sono?"

"La squadra di Cade si sta occupando di un incendio al cantiere fuori città, mentre l'altra è partita per Anchorage. I ragazzi di Cade sono partiti appena Fred ha annunciato il vostro arrivo, quindi hanno lasciato tutto in mano vostra."

Beck portò indietro la testa e sospirò. Ero talmente estasiata per il suo ritorno che non avevo nemmeno notato la stanchezza sul suo volto. Aveva l'aria esausta. Sollevò la testa e annuì prima di stringermi dolcemente la mano e alzarsi in piedi. Rimase in silenzio per un momento, studiandomi il volto.

"Stasera possiamo vederci?" chiese, con voce roca.

La sua domanda mi prese alla sprovvista e annuii senza nemmeno pensarci.

Il suo sguardo ardente mi mandò a fuoco. Santo

cielo. Il modo in cui quell'uomo mi guardava mi faceva impazzire.

"Forse non c'è bisogno che vada anche tu. Basterà una manciata di persone con la gru a cestello," dissi, riferendomi alla piattaforma che i pompieri usavano per raggiungere luoghi elevati.

Beck si strinse nelle spalle. "So che potrei mandare qualcun altro, ma sarebbe una cattiveria. Siamo tutti a pezzi. Dovrei dare una mano pure io."

Mi si strinse il cuore. Maledizione, era davvero un brav'uomo. La sua squadra era composta da venti uomini. Per salvare l'adorato Herman ne sarebbero bastati un paio. Ma Beck era un vero leader e non avrebbe mai scaricato il lavoro sulla sua squadra in quel modo. Erano tutti esausti, quindi non si sarebbe mai tirato indietro.

Mandai giù il groppo in gola e annuii. "D'accordo. Allora..."

Lasciai la frase in sospeso perché non sapevo che altro dire.

Controllò l'orologio sopra la porta del corridoio, vicino alla scrivania. "Finisci alle sei?" domandò.

I miei orari erano sempre stati gli stessi, quindi il fatto che lo sapesse non mi sorprese più di tanto. Però mi colpì comunque. Il suo interesse mi scaldò il cuore.

"Mmhmmh," risposi, guardando l'ora sullo schermo del computer. Il turno finirà in neanche mezz'ora.

"Allora adesso vado a salvare Herman," disse con un sorriso, prima di fare una pausa. "Poi vengo da te. Che ne dici?"

Annuii di nuovo senza pensarci.

Rimase fermo un momento, lo sguardo fisso nel mio. L'aria si caricò di elettricità. Quante cose avrei voluto fare — toccarlo, abbandonarmi tra le sue braccia. Ma non feci nulla, essendo in un luogo pubblico. In caserma non c'era soltanto tutta la squadra, ma anche il capitano Masters. Quindi dovetti tenere a bada le mie emozioni. Beck mi fece l'occhiolino e si voltò.

Capitolo Diciotto

BECK

Jesse Franklin stringeva tra le braccia il gatto di Carrie Dodge con un sorrisino sulle labbra. Herman mi lanciò un'occhiata quasi infastidita. Avevamo appena passato un'ora a inseguirlo con la gru mentre saltava da un ramo all'altro dell'alto abete rosso. Per fortuna aveva il pelo arancione, altrimenti avremmo rischiato di perderlo tra il fogliame.

Gli feci i grattini sotto il mento e iniziò subito a fare le fusa.

Jesse rise. "Oh, adesso è bello calmo. Per fortuna che avevo i guanti, visto che lassù continuava a graffiarmi come un pazzo."

Guardai Herman e lo presi in braccio. "Vado a consegnarlo a Carrie e poi torniamo in caserma," dissi a Jesse, sollevando lo sguardo.

"D'accordo."

Attraversai il cortile, dove Carrie mi stava venendo incontro. La conoscevo da quando ero bambino. Sembrava non invecchiare mai. Aveva sempre la stessa lunga treccia di capelli argentati e i vispi occhi azzurri di quando era giovane. Aveva soltanto iniziato a muoversi più lentamente. Quando arrivai da lei e le passai Herman gli lanciò un'occhiata di disapprovazione.

"Sai benissimo che non ti devi arrampicare così in alto, Herman."

Il gatto mi guardò, continuando a fare le fusa. "Grazie per averlo tirato giù. È già la terza volta che lo fa, quest'estate."

Mi strinsi nelle spalle. "Nessun problema. Non saprei neanche cosa consigliarle di fare, visto che è un gatto e fa quello che vuole."

Carrie rise. "Esatto. Di solito lo tiravo giù da sola. Sto giusto aspettando il mio escavatore..."

"*Non* mi starà mica dicendo che ha mandato in riparazione l'escavatore e che avrebbe di nuovo il coraggio di provare a salvarlo di nuovo senza il nostro aiuto, vero? Sa che non dovrebbe usarlo in quel modo, sì?"

Carrie si strinse nelle spalle. "E per cos'altro dovrei usarlo? Ce l'ho soltanto perché John non se n'è liberato prima di morire," disse, riferendosi a suo marito.

"Chiami noi, Carrie, per favore. Verremo a salvare Herman da quel maledetto albero tutte le volte che vuole."

Sospirò e guardò Herman, che continuava a fare le fusa senza il benché minimo rimorso. "Beh, grazie. Volete qualcosa da mangiare?"

Pensai subito a Maisie e controllai l'orologio. Il salvataggio aveva richiesto più tempo del previsto ed erano già le diciotto passate. "No, si figuri. Ma grazie comunque."

Io e Jesse partimmo e Carrie ci salutò dal portico di casa. Ero quasi tentato di chiedergli di lasciarmi a casa di Maisie, visto che era di strada, ma sicuramente si sarebbe fatto troppe domande alle quali non ero ancora pronto a rispondere. Però morivo dalla voglia di vederla.

Dopo la doccia più rapida della mia vita salii in macchina e mi fiondai da lei. Bussai alla porta della cucina, ma non rispose nessuno. Allora la aprii con cautela, troppo impaziente per aspettarla.

"Maisie?"

Sentii una voce ovattata e spalancai la porta. Ad accogliermi c'era il fondoschiena di Maisie, piegata per controllare dentro il forno. Maledizione. Peccato non fosse già nuda. Però indossava dei leggings aderenti che le abbracciavano le curve generose. Mi trattenni dall'avvicinarmi e farle scivolare le mani sui fianchi. Dopo due settimane intere senza esserci visti avevamo passato soltanto qualche minuto insieme alla caserma. Non sapevo fino a che punto potevo spingermi. Però sapevo esattamente cosa volevo — lei. Da impazzire.

Raddrizzò la schiena e si voltò. Aveva il viso arrossato e i capelli sciolti, la cascata di riccioli indomabili le ornava le spalle. Avrei voluto avvicinarmi, infilarle una mano tra i capelli e riversare due settimane di desiderio represso nella sua bocca.

"Ehi, non sapevo se saresti venuto davvero, visto che..."

A quanto pare, non stavo più pensando lucidamente. Affatto. Feci esattamente quello che avrei preferito non fare in quel momento. Chiusi la porta con il piede e mi fermai davanti a lei. Le passai una mano tra i capelli, i riccioli morbidi e setosi. Al mio tocco trattenne il fiato. La strinsi forte a me. Mi era venuto duro nell'istante in cui l'avevo vista. Maledizione. Sentire le sue soffici curve contro di me e il calore tra le sue cosce mi fece perdere la testa.

L'aria attorno a noi si caricò di tensione sessuale. Chiusi gli occhi e inalai il suo profumo. Quando li riaprii, trovai i suoi occhi cioccolato fissi nei miei. Riuscivo quasi a vedere le rotelle che le giravano nella testa. Sentivo il battito violento del suo cuore sul petto. Bastava uno sguardo per capire che mi desiderava. Se avesse iniziato a farmi domande mi sarei trovato nei guai, perché non avrei saputo come risponderle. Avevo soltanto bisogno... di *lei*.

Chinai la testa e le tempestai il collo di baci. Quando notai che le era venuta la pelle d'oca mi sentii terribilmente soddisfatto. Volevo che anche lei mi desiderasse ardentemente e follemente quanto io desideravo lei. Sentii un campanello di allarme nei meandri della mia mente, ma lo ignorai. Non mi ero mai lasciato andare completamente alla passione. Ma con lei era diverso. Non volevo fare altro che perdermi in Maisie.

Sentii un allarme nella cucina. Sollevai la testa e Maisie fece un passo indietro. La seguii di riflesso. Non potevo smettere di toccarla.

Si girò e spense il timer del forno. Mi graziò con una vista meravigliosa quando si chinò a controllare quello che c'era dentro. Le passai le mani sulle curve dei fianchi e le palpai il fondoschiena, facendone scivolare una tra le cosce. Sorrisi quando un gemito le sfuggì dalle labbra. Quando toccai il cotone delle sue mutandine lo trovai umido. Sentirla così eccitata me lo fece diventare ancora più duro, quasi da far male.

"Spegni il forno," dissi, con voce profonda e rauca.

Le passai di nuovo le dita sul sesso. Inarcò il bacino verso la mia mano e si girò a guardarmi.

Maledizione. Perfino acqua e sapone era la donna più sexy che avessi mai conosciuto. Senza alcun dubbio. Prese a mordersi il labbro inferiore. Un ricciolo solitario che le ricadeva sulla guancia le donava un aspetto selvaggio che risvegliava tutti i miei istinti. Iniziai a strofinare l'erezione contro le sue curve.

"Com'è che oggi sei così comandino?"

"Perché era da due settimane che non ti vedevo. Quei cinque minuti in caserma non contano. Spegni il forno," ripetei.

Un sorrisino le incurvò le labbra e si voltò a spegnere il forno. Si tirò su e lo chiuse. Io nel frattempo ero ancora appoggiato a lei, il membro pulsante di desiderio. Quando si girò completamente verso di me le passai di nuovo una mano tra i capelli e poggiai la bocca sulla sua, riversando due settimane di nostalgia in quel bacio. Non si trattenne neanche un po'. In pochi secondi il bacio si fece sempre più travolgente e passionale. Le nostre lingue e i nostri respiri si fusero, in una danza disperata.

Avevo bisogno di farla mia. Subito. Mi staccai dalle sue labbra e la guardai.

"Letto," ordinai con voce strozzata.

Si girò e fece per andare.

"No. Così sei troppo lontana," dissi, prendendola per mano per attirarla di nuovo a me.

Si voltò, incredula.

"Scusa, eh. Mica posso andare in camera da letto senza camminare," commentò.

"Certo che puoi."

La presi in braccio, sorridendo quando avvolse di riflesso le gambe attorno alla mia vita.

"Mi porti tu? Non avresti fatto prima a caricarmi sulla schiena?" domandò, in tono divertito.

Mi strinsi nelle spalle. "Forse, ma preferisco farlo così. Dimmi dove devo andare."

Fece una risatina che mi colpì dritto al cuore.

Maisie non rideva spesso. Era sempre troppo nervosa e provavo quasi pena per lei. Non ero mai stato interessato a nessuna donna. Ma con Maisie era diverso. Volevo sapere tutto di lei, sapere perché era sempre così scontrosa e diffidente. Volevo dirle che non aveva alcun motivo di continuare a vivere così. Volevo prendermi cura di lei e non dover più rivedere quell'ombra di preoccupazione che non sembrava mai lasciare i suoi occhi.

Voltò la testa e indicò le scale. Con Maisie tra le braccia, riuscii ad arrivare al piano di sopra. E per miracolo, visto che aveva iniziato a stuzzicarmi il collo. Non ero abituato a ricevere quel genere di attenzioni. Certo, ero un esperto nell'arte della seduzione, ma con Maisie era un'esperienza completamente nuova. Con lei era sempre tutto naturale, imprevedibile. Tra di noi non c'era niente di finto, calcolato. Anzi, l'esatto contrario. La passione che ci univa alimentava il mio desiderio come non mai.

Arrivai al piano di sopra fremente di desiderio. Dovetti fermarmi a leccarle il collo perché stavo per impazzire. Il suo sapore cancellò qualsiasi altro pensiero dalla mia mente.

"Letto," mormorai contro la pelle morbida del suo collo.

Maisie sollevò la testa e mi guardai intorno. Dalle finestre vedevo la balconata che circondava la casa. Il sole stava terminando la sua lenta discesa all'orizzonte, lasciandosi dietro delicate tinte acquerello. Maisie attirò la mia attenzione con una gomitata.

"Qui," disse piano, la voce roca.

Mi girai dall'altra parte e vidi la porta che stava indicando. La aprii con una spallata, tenendo Maisie stretta a me. Non immaginavo sarebbe stato così bello prenderla tra le braccia. Era tutta forme e curve e amavo sentirla premere contro di me, la sua femminilità ardente contro la mia erezione. Non ero uno a cui piaceva pavoneggiarsi e fare il duro, ma era bellissimo poterla abbracciare così forte, come uno scudo che l'avrebbe protetta da qualsiasi avversità.

Fuori il crepuscolo illuminava fiocamente i dintorni. Gli ultimi raggi del sole filtravano attraverso la finestra della sua camera da letto, proiettando una luce argentata nella stanza. Mi guardai intorno. Un letto orientale era posizionato in una teca nella parete, circondato da scaffali di libri e cosparso di cuscini. Mi trovai davanti a un dilemma. Non volevo assolutamente lasciarla andare, ma allo stesso tempo volevo spogliarla e affondare dentro di lei. Per farlo avrei dovuto per forza lasciarla.

La misi a terra, restio ad allontanarmi. Senza aspettare neanche un secondo, mi slacciò la cintura e dopo avermi abbassato i pantaloni avvolse una mano attorno alla mia erezione. Eravamo ai piedi del letto, quindi si sedette sul bordo e sollevò lo sguardo su di me.

Volevo dire qualcosa, ma ormai me l'ero completamente dimenticato. Mi si spense completamente il cervello quando iniziò a leccarmi la punta del pene.

Un grugnito mi scappò dalle labbra. Santo cielo. Di solito ero sempre io ad avere in mano le redini della situazione. Quando sollevò i suoi grandi occhi marroni e mi guardò da dietro le folte ciglia, continuando a esplorare ogni centimetro del mio membro con la lingua, per poco non mi cedettero le ginocchia. Le intrecciai le dita ai capelli, sentendo il bisogno di aggrapparmi a qualcosa mentre mi faceva impazzire. Non pensavo fosse così brava con la lingua. La fece scivolare lentamente sull'asta, stuzzicò la punta con baci e carezze e alla fine, finalmente, la prese tra le labbra.

Oh, porca troia. Quando la sua bocca calda e umida iniziò a succhiare mi sentii pervadere da un piacere immenso. Ero già al limite. Cazzo, avevo appena passato due settimane di astinenza. Ovviamente, durante le lunghe giornate di lavoro era praticamente impossibile pensare al sesso. E le opportunità per farlo erano pari a zero. In quelle due settimane non mi ero nemmeno masturbato. Quindi in quel momento, con le sue morbide labbra attorno all'asta, il piacere era così immenso che rischiavo di finire subito.

Quando tirò su la testa e mi guardò riuscii ad aggrapparmi all'ultimo briciolo di autocontrollo che mi era rimasto e feci un passo indietro. Non so nemmeno io come feci a staccarmi dalle sue labbra gonfie e umide. Chinò di nuovo la testa, ma feci un altro passo indietro. Poi mi tolsi la maglietta e la gettai a terra. Avevo bisogno di sentire ogni centimetro del suo corpo contro il mio.

La tirai su, le sfilai con foga la maglietta e mi lasciai sfuggire un grugnito davanti al suo seno pieno, abbracciato da un reggiseno nero in seta quasi troppo stretto. Cazzo. Il suo gusto in fatto di intimo era la ciliegina sulla torta più deliziosa che avessi mai mangiato. Si tolse i leggings, mentre io lanciavo via scarponi e jeans.

Stavo letteralmente impazzendo e dovevo averla subito premuta contro di me.

Ogni mia azione era guidata completamente da desiderio puro. Non c'era niente di misurato, niente di programmato.

Ci buttammo sul letto, un groviglio di braccia e gambe. Sentivo la sua pelle morbida contro la mia. Non ricordavo neanche se ci eravamo già tolti l'intimo. Riuscivo a concentrarmi soltanto sull'immenso sollievo che mi pervase quando le feci scivolare una mano tra le cosce e la trovai calda e umida per me.

Esplorai il suo corpo con le labbra e le mani. Mentre le stavo tracciando una scia di baci sul collo, assaporando la sua pelle, mormorai, "Mi sei mancata..."

Le parole mi scapparono di bocca, inaspettate. Ma le sentivo riecheggiare in un angolo del mio cuore. Maisie rimase ferma immobile e sotto le labbra sentii il battito frenetico del suo cuore. Sollevai la testa. Aveva gli occhi sbarrati per la sorpresa.

Gliel'avevo detto senza pensarci, ma era la pura verità. Non avevo intenzione di rimangiarmi quelle parole. Ma pronunciarle a voce alta mi lasciò stordito. Ancora non sapevo come gestire i sentimenti che Maisie aveva risvegliato in me, ma non ero certo un codardo.

Il cuore mi martellava con forza nel petto. Maisie mi guardò, in quel silenzio carico di tensione.

"Ti sono mancata?" chiese in un sussurro roco.

Esitai per un istante, ma non potevo tirarmi indietro.

"Sì. Mi sei mancata. Sono state due settimane molto lunghe."

Aspettai una risposta. Avevo esagerato? Maisie era diffidente e pungente, un po' come un porcospino.

Un lampo le attraversò gli occhi cioccolato, il cui colore mutò lievemente come nuvole che si muovono attraverso il cielo.

La sentii irrigidirsi contro di me. Fece un respiro profondo e tirò un sospiro strozzato. "Anche tu mi sei mancato," disse, con rassegnazione.

Soddisfatto, le spostai i riccioli aggrovigliati dal viso. Pulsante di desiderio, mi allungai sopra di lei. Maisie aprì le ginocchia e mi accarezzò la schiena. Appoggiai il pene alla sua fessura, bagnata e pronta per me, e mi fermai un secondo prima di affondare dentro di lei. Non avevo preservativi.

Feci per allontanarmi, ma mi avvolse le gambe attorno alla vita per tenermi fermo.

"Porca miseria, non ho un preservativo. Di solito ne ho sempre almeno uno dietro, ma sono stato via per due settimane e…"

"Lascia perdere. Prendo la pillola."

Mi appoggiai su un gomito per guardarla. Mille pensieri mi affollarono la mente. Nemmeno riuscivo a ricordare l'ultima volta che avevo fatto sesso senza preservativo. Un hotshot doveva essere sempre organizzato e preparato a tutto. Una gravidanza inaspettata sarebbe stata, appunto, inaspettata. Quando notò la mia esitazione, la passione nel suo sguardo si tramutò in incertezza.

"Non avrei dovuto proporlo… non volevo…"

Scossi la testa. "Ehi. Sono solo sorpreso. Tutto qui."

Sapevo benissimo cosa desideravo. Ardentemente. Ma doveva esserne certa anche lei.

"Sei sicura?"

Annuì subito. "Mmhmmh. Prendo la pillola praticamente da sempre."

Senza esitare un secondo, portai indietro il bacino e affondai con un colpo deciso dentro di lei.

La sentii stretta e umida attorno al membro. L'orgasmo rischiò di travolgermi subito. Intrecciai le dita alle sue e le allungai le braccia dietro la testa, ricoprendole il viso e il collo di baci mentre cercavo di recuperare un po' di autocontrollo.

Ma Maisie voleva di più. Iniziò a muovere il bacino contro di me, iniziando a gemere e ansimare. Persi completamente la testa. Scivolai fuori e affondai di nuovo in profondità dentro di lei. Mi persi completamente nelle sensazioni travolgenti di quel momento. Il modo in cui il suo seno premeva contro di me, i capezzoli turgidi ed eccitati, la sua pelle umida che sfregava contro la mia, i suoi fianchi che si sollevavano per assecondare i miei movimenti, la sua vagina che pulsava di piacere — così stretta, calda e bagnata.

Un'ondata di calore mi attraversò la spina dorsale, la pressione dentro di me crebbe sempre di più finché Maisie non inarcò la schiena contro di me, urlando il mio nome. L'orgasmo mi travolse con una forza distruttiva che mi fece venire il capogiro, mentre mi riversavo dentro di lei.

Provai a mettermi su un fianco, ma mi strinse con più forza.

"Non ti muovere," mormorò, le labbra sul mio collo.

"Non voglio schiacciarti," dissi con una risata.

Mi spostai con cautela, rimanendo dentro di lei. Provai un'ondata di sollievo. Non soltanto perché dopo settimane ero riuscito a dare sfogo ai miei bisogni sessuali. Finalmente potevo avere di nuovo Maisie nuda tra le mie braccia.

Capitolo Diciannove

MAISIE

"911, come posso aiutarla?" chiesi, fissando lo schermo del computer mentre il sistema rintracciava la telefonata.

Che mi chiamassero da un cellulare o da un telefono fisso, il sistema del computer si metteva subito al lavoro per rintracciare la posizione. Prima di ricevere una risposta, vidi che mi stavano chiamando da un cellulare, vicino alla strada principale che portava a Willow Brook. Infatti, il segnale si era agganciato alla cella lì vicino.

"Ehm, abbiamo fatto un incidente per evitare un alce," disse una donna, con voce tremolante.

Premetti subito il pulsante per avvisare la squadra in servizio, in quel momento quella di Beck. Praticamente, l'unico momento in cui non pensavo a lui in modo *ossessivo* era durante le chiamate di emergenza, dove concentravo tutta la mia attenzione sulla persona in linea.

"D'accordo, una squadra si sta già dirigendo lì. Potrebbe dirmi il suo nome?"

"Jerri. Sono Jerri."

"D'accordo, Jerri. Sono Maisie. Ho bisogno che mi confermi la sua posizione."

"Siamo sulla superstrada, poco fuori Willow Brook."

"Ci sono feriti?"

"Ehm, penso di sì, ma non lo so. Quando mio marito ha sterzato per evitare l'alce il nostro camper si è schiantato contro un palo del telefono e siamo finiti in un fosso. Sono spiaccicata nell'angolino del posto del passeggero e non riesco a guardarmi intorno."

A Jerri tremava la voce e riuscivo a percepire tutta la sua paura e il panico.

Sentii le sirene di un'ambulanza e due volanti sfrecciare sulla strada. Sarebbero arrivati sul posto in pochi minuti. Rimasi al telefono con Jerri fino all'arrivo dei soccorsi. Quando sentii la voce di Beck in sottofondo finalmente mi tranquillizzai. Sapevo che avrebbe fatto tutto il possibile per aiutarli.

Conclusi la telefonata e compilai il rapporto, per poi lavorare su un progetto di raccolta dati che aveva richiesto il capitano Masters. Beck riaffiorò tra i miei pensieri. Ero convintissima che sarebbe andato tutto bene perché lui era lì. La fiducia che avevo in quell'uomo era allucinante. Però in quel caso i vigili del fuoco, la polizia e i paramedici si sarebbero occupati della situazione tutti insieme. Sicuramente la squadra di Beck non aveva neanche troppo lavoro da fare in un'emergenza del genere. Avrebbero portato in salvo i passeggeri del camper, per poi raddrizzarlo e spostarlo dal fosso. I paramedici invece si sarebbero presi cura dei feriti.

Ma per me Beck era l'eroe della storia. Le mie fantasie erotiche si erano trasformate in una realtà che aveva di gran lunga superato l'immaginazione. Se prima quasi lo odiavo perché si divertiva sempre a infastidirmi, ormai avevo completamente perso la testa per lui.

Adesso sei pazza di lui. È quasi rivoltante vederti ridotta così.

E quindi? Quand'è che avrei deciso che non posso divertirmi?

Quando hai capito che gli uomini alla fine ti abbandonano sempre. Sai che la vita è così. Devi badare a te stessa perché non ci sarà nessun altro a farlo.

Quella vocina ottimista non rispose all'ultimo commento. Avevo praticamente passato la vita a badare a me stessa. Magari quei tre brevi anni di vita prima della morte di mia madre erano stati diversi, ma ovviamente non potevo ricordarmelo.

Ricordo che quando ero bambina, addirittura già dall'asilo, dovevo arrangiarmi perché mio padre non era mai presente. Il primo giorno di scuola materna mi ero presentata senza cestino del pranzo. Ero troppo piccola per sapere che me ne sarebbe servito uno. Quella sera avevo implorato mio padre di accompagnarmi a comprarne uno. Alla fine mi mandò con la sua fidanzata di turno. Non ricordavo nemmeno come si chiamasse, ma come mio padre era assolutamente disorientata da una cosa tanto semplice. Mi aveva portata al supermercato, dove non c'era ampia scelta. Alla fine avevo optato per un cestino azzurro che mi era rimasto fino alla quarta elementare. Era fatto di plastica molto resistente. E per fortuna, visto che molto probabilmente mio padre non avrebbe mai pensato di sostituirmelo prima che potesse rompersi.

Nonostante il forte senso di indipendenza, avevo comunque frequentato qualche ragazzo. Quello che c'era tra me e Beck ancora non sapevo come definirlo. Alle superiori avevo una sorta di fidanzatino e poi all'università qualche altra sorta di fidanzato. Ma niente di speciale. Ero una ragazza troppo seria, che non sapeva come divertirsi e lasciarsi andare. Il punto è che Beck non era il primo ragazzo che mi fosse mai piaciuto, ma *mai, mai* prima di allora un'altra persona era riuscita a farmi sentire così protetta e al sicuro. Nella mia mente lo vedevo come un eroe. Sapeva prendersi cura di tutti indiscriminatamente. Compresa me.

Ma io sapevo badare a me stessa. L'avevo sempre fatto. Era troppo rischioso, sciocco, contare su qualcun altro. Eppure, dentro di me sapevo di poter fare sempre affidamento su Beck.

Stavo scuotendo con decisione la testa a destra e sinistra — in risposta a quel mio stupido dialogo interiore — quando vidi Amelia entrare in caserma.

Amelia era bellissima. Altissima, quasi quanto un uomo. Gambe lunghe un chilometro, curve generose e capelli e occhi ambrati. Era normale che un uomo come Cade avesse perso la testa per lei. Non conoscevo la loro storia, ma da quello che si diceva in giro erano due anime gemelle, innamorati pazzi l'uno per l'altra sin dalle superiori. A quanto pare si erano lasciati malamente dopo l'università e Cade aveva lasciato Willow Brook. Al suo ritorno, ogni tanto avevo paura che potesse prendere fuoco ogni volta che Amelia era intorno. La guardava con una passione ardente e incontrollabile.

Si fermò e inclinò la testa di lato, con aria confusa. "Ti dispiace così tanto vedermi?"

"Oh, no. Non stavo scuotendo la testa perché ho visto te. Stavo pensando a, ehm, ad altro," dissi, goffamente.

Non volevo dirle che ero maledettamente ossessionata da Beck.

Amelia sorrise e si avvicinò, per poi appoggiare i gomiti sul bancone. "Quindi stasera ci sei?" domandò.

La guardai con aria confusa.

"La serata di carte," specificò.

"Oh, giusto. Me n'ero completamente dimenticata."

Non avevo comunque altri piani. In fondo, ce li avevo soltanto raramente. Eppure, esitai un istante. E se Beck avesse voluto vedermi di nuovo?

Ma tu che ne sai di cosa vuole Beck? Ti farebbe bene avere qualche amica per una volta, quindi vacci e basta.

Wow. Certo che sapevo proprio essere prepotente, eh. In verità non mi sarebbe dispiaciuto farmi qualche amico. Willow Brook era diventata la mia casa e non avevo intenzione di andarmene presto. Ero abbastanza lontana dalla vita da libertino di mio padre ed ero piuttosto sicura che lì non sarebbe mai venuto a chiedermi soldi, come faceva sempre quando vivevamo meno lontani. Avevo un buon lavoro, una casa, una macchina e tutto quello che mi aveva lasciato mia nonna. Finalmente avevo trovato una sana stabilità nella mia vita. Erano anni che lo sognavo.

Incrociai lo sguardo di Amelia e annuii. "Sì, ci sarò. Però non so né il dove né il quando."

"Da Lucy. Vive sopra il nostro ufficio, in fondo alla strada. Hai capito dove?"

"Beh, è impossibile non notare l'insegna," dissi con una risata, riferendomi all'insegna azzurra della sua impresa edile.

Amelia sfoderò un sorriso. "Giusto. È proprio per quello che ho scelto un nome di grande impatto come quello."

"Cade mi ha detto che sei sempre piena di lavoro, quindi direi che ha funzionato."

"A proposito di Cade. È qui o è stato chiamato da qualche parte?"

Quel giorno la squadra in servizio era quella di

Beck, ma Cade poteva benissimo essere comunque in caserma. Premendo il pulsante dell'interfono sulle mie cuffie, provai a contattarlo. "Cade, ci sei?" chiesi, sapendo che tutti i presenti avrebbero sentito la domanda.

"Arrivo subito, Maisie," rispose Cade.

Qualche secondo dopo, arrivò all'ingresso. Amelia si girò verso di lui e le si illuminò il viso. La strinse forte a sé e la baciò. Un gesto rapido ma talmente passionale che dovetti distogliere lo sguardo. Tra di loro era sempre così. Beck diceva scherzando che Cade era un *Amelista* perché venerava Amelia come una divinità ed era tutto il suo mondo. La cosa per me più sconvolgente era che si conoscevano da sempre.

Mi concentrai di nuovo sul mio progetto e scrissi qualche altro numero, sollevando la testa al mio nome.

"Mmh?"

Cade mi fece l'occhiolino. "Ho sentito che stasera vai a giocare a carte con le ragazze. Sappi che Lucy è un vero mostro."

Amelia gli diede una ginocchiata e appoggiò di nuovo i gomiti al bancone. Era rossa in viso e le brillavano gli occhi. Qualcosa si scatenò dentro di me. No, non era invidia, ma più... malinconia. Avrei voluto sapere cosa si provasse ad avere un amore come il loro. L'intimità nel loro rapporto era palpabile. Erano pronti ad affrontare qualsiasi cosa insieme e la loro gioia era quasi contagiosa. Amelia mi dava l'impressione di essere una donna molto indipendente. Cade invece era senza alcun dubbio un uomo forte e indipendente. Ma nonostante questo, lei era la sua roccia e viceversa. Era ovvio che si amassero da impazzire.

Amelia incrociò il mio sguardo. "Sì, Lucy *è* brava, ma giochiamo solo per divertirci, non per soldi.

"Tu preparati comunque a perdere," aggiunse Cade.

Durante le partite di carte mi sentivo incredibilmente competitiva, probabilmente perché avevo imparato a giocare da molto giovane. Mio padre teneva sempre a casa nostra partite di poker settimanali. Erano gli unici momenti in cui tirava fuori un minimo di onore. Giocava sempre pulito e si sentiva orgoglioso quando vincevamo insieme. Avevo pochi bei ricordi con lui, visto che non era di certo un padre modello, ma le partite di poker erano tra quelli. Era piuttosto bravo nel poker, quindi lo ero pure io.

"Lo terrò a mente," dissi con un sorriso.

Amelia si tirò su e prese Cade a braccetto. "Pranziamo insieme?"

"Certamente," rispose lui senza esitare.

Li seguii con lo sguardo mentre uscivano dalla porta, ripensando a quanto era scortese Cade appena tornato a Willow Brook. Non mi ero trasferita da molto tempo e non sapevo praticamente niente su nessuno. Prima di riallacciare i rapporti con Amelia era quasi impossibile avvicinarlo.

Ma lei riusciva a renderlo una persona migliore.

Capitolo Venti

BECK

"Dai, bello. Non farmici andare da solo," disse Cade, seduto dall'altra parte del tavolo.

Dopo il lavoro avevamo deciso di fermarci al Wild-lands. Cade non sapeva cosa fare senza Amelia, che doveva passare la serata con le sue amiche.

"Ce la farai, vedrai."

Cade scosse la testa, lanciandomi un'occhiata supplichevole. "Dai, ti prego. Ci sono Amelia, Maisie e un paio di altre persone. Ma che ti è preso? È da un mesetto che non guardi più una donna."

Fece girare la bottiglia di birra vuota sul tavolo con aria assente, mentre mi fissava attentamente. Iniziai a sentirmi a disagio. Cade mi conosceva molto bene. In fondo eravamo cresciuti insieme. Ci eravamo allontanati in quei sette anni che aveva passato in California, ma al suo ritorno era come se tra di noi non fosse cambiato niente. Rispettavo molto quell'uomo e sul lavoro mi fidavo ciecamente di lui. Sapeva il fatto suo e guardava sempre le spalle ai suoi compagni.

Non mi ero reso conto di essere cambiato così tanto. Prima di iniziare a "frequentare" Maisie andavo spesso al bar per divertirmi un po' con qualunque donna attirasse la mia attenzione. Ma ormai il solo pensiero di avvicinarmi a un'altra mi faceva rabbrividire. Mi guardai intorno, notando che c'erano molte belle ragazze. Durante l'estate Willow Brook era piena di donne che cercavano la compagnia del tipico uomo virile dell'Alaska. Amavo le avventure di una notte. Eppure, in quelle ultime settimane mi ero ritrovato a respingere numerose avances.

Posai di nuovo lo sguardo su Cade e mi strinsi nelle spalle. "E quindi?"

Mi guardò con sospetto, pensando a cosa dire. "Hai ragione, non sono affari miei. Ma per caso c'è qualcosa tra te e Maisie?"

Oh, maledizione. Dovevo trovare il modo di girarci attorno.

"No," mentii. "Perché me lo chiedi?"

"Beh, di solito state sempre a bisticciare, ma ultimamente la stai evitando più del solito."

Non potevo certo dirgli che era l'unico modo che avevo per trattenermi dal metterla a novanta e fotterla ogni volta che la incrociavo. Maisie preferiva mantenere una certa reputazione sul posto di lavoro, quindi in caserma cercavo di starle il più lontano possibile.

Incrociai lo sguardo di Cade e feci spallucce. "Non ci avevo nemmeno fatto caso. Dai, andiamo."

Anche se secondo me aveva capito che stavo soltanto provando a sviare l'argomento, si alzò senza insistere oltre. Lasciammo i soldi del conto sul tavolo e uscimmo dal locale.

Probabilmente presentarmi a casa di Lucy insieme a Cade non era una buona idea, visto che c'era anche Maisie. Ma non riuscii a resistere. Non potevo lasciarmi sfuggire l'occasione di rivederla.

Dopo aver passato la notte insieme ormai mi

teneva stretto in pugno. Mente e corpo appartenevano a lei. Non ero pronto ad ammetterlo, ma anche il mio cuore era suo.

———

Maisie era seduta al tavolo della cucina nell'appartamento di Lucy Caldwell e stava ridendo per qualcosa. L'elastico che stringeva la coda di cavallo stava perdendo la battaglia contro i suoi ricci indomabili, di cui molti ormai le ricadevano sul collo e il viso. Uno sguardo e morivo già dalla voglia di baciarla. Lei però non si era nemmeno resa conto della mia presenza. Accanto a lei c'erano Amelia, Lucy e Susannah.

Amelia fu la prima a notarci. Ci guardò e sorrise. "Lucy ha perso!" annunciò.

Cade rise e si avvicinò a stamparle un bacio sul collo.

Lucy alzò gli occhi al cielo. "Non pensavo ti avrebbe fatto così tanto piacere vedermi perdere."

Amelia rise. Era palesemente brilla. Cade era passato per riaccompagnarla a casa.

"Ma no! Però è bello vedere vincere qualcun altro, una volta ogni tanto." Si girò verso Maisie. "Hai una faccia da poker incredibile."

Maisie si strinse nelle spalle. "Se lo dici tu."

Quando arrossì, mi venne duro. Maledizione. Mi appoggiai al bancone della cucina, sperando di nascondere la visibile erezione. Andare con Cade era stato un errore.

Lucy si alzò da tavola. "Beh, ragazzi, siete venuti a fare i tassisti?"

Cade si mise accanto a me e annuì. "Amelia mi ha

chiesto di venire a prenderla. A qualcun altro serve un passaggio?"

Quando finalmente Maisie mi notò, sbarrò gli occhi e arrossì più violentemente. Quella sua occhiata non fece che peggiorare la situazione nelle mie mutande.

"Beh, dato che siete in due tu porti a casa me e Susannah, mentre Beck pensa a Maisie. Tanto noi dobbiamo passare in quella zona, invece Maisie abita nella direzione opposta," annunciò Amelia con una risatina.

Cade mi lanciò un'occhiata confusa e si rigirò verso Amelia. "Cosa c'è di così divertente, amore?"

Amelia si strinse nelle spalle e rise di nuovo.

Cade scosse la testa. "Meno male che mi hai chiamato."

Maisie si voltò verso Amelia. "A me non serve un passaggio," disse, in tono forse un po' troppo aggressivo.

Susannah si intromise nella discussione "Invece sì. Ci siamo bevute due bottiglie di vino in quattro."

Perfino Susannah stava leggermente biascicando le parole.

Dato che non avevo alcun problema a riaccompagnare Maisie, non dissi niente. Ma soprattutto non le avrei mai permesso di tornare a casa da sola in quelle condizioni. Non l'avrei permesso a nessuno dei miei amici, ma il bisogno di proteggere Maisie era più forte di qualunque altro.

Maisie sbuffò. "Riesco a guidare."

In quel momento si appoggiò allo schienale della sedia, con un po' troppa forza, e si rovesciò a terra. Senza esitare neanche un secondo andai da lei e l'aiutai a risedersi.

"Ecco, visto? Avevo ragione io," dichiarò Susannah con un gesto floscio della mano.

Guardai a una a una le ragazze, divertito. Lucy si appoggiò allo schienale con un sospiro profondo. Avevano tutte le guance arrossate e lo sguardo perso.

"Amelia ha ragione. Nessuna di voi può guidare," dissi, incrociando lo sguardo di Cade.

Chi l'avrebbe mai detto che questa serata era giusto una scusa per bere?

Cade rise. "Assolutamente no. Siete pronte, voi due?" chiese ad Amelia e Susannah.

Annuirono lentamente entrambe e guardai Maisie. Avevo ancora una mano poggiata sulla sua spalla. Bastava quel minimo contatto a farmi fremere di desiderio. Maledizione, ce l'avevo duro da quando ero arrivato, ma toccarla non aveva fatto altro che peggiorare la situazione.

"Quindi stasera ti farò io da autista."

Sollevò lo sguardo, i suoi occhi marroni trovarono i miei. Un lampo li attraversò, ma non riuscii a decifrarlo. "Ti dico che posso..."

Scossi la testa. "Non puoi guidare. O ti fai riaccompagnare a casa da me o resti qui. Lucy, ti va un po' di compagnia?" le chiesi, guardandola.

Lucy lanciò un'occhiataccia a Maisie. "Non fare la sciocca. Ovviamente non avrei problemi a lasciarti il divano, ma il tuo principe azzurro è qui per riportarti a casa."

Oh, cavolo. Ma che stava dicendo?

Guardai Maisie, che era diventata rossa come un pomodoro. Amelia e Susannah si stavano alzando dal tavolo, quindi probabilmente non avevano sentito il commento di Lucy. Cade, invece, mi guardò con un sorriso d'intesa.

Lo ignorai e abbassai lo sguardo su Maisie. "Beh, quindi che vuoi fare? Vieni con me o resti da Lucy?"

Senza rispondere, Maisie si alzò barcollando leggermente. D'istinto, le passai un braccio attorno alla vita per reggerla in piedi.

"Ottima scelta," dichiarò Lucy annuendo con fin troppo entusiasmo.

Salutammo tutti evitando ulteriori commenti e accompagnai Maisie al mio pick-up. L'aiutai a salire a bordo, ma un piede le scivolò sullo scalino. Quando l'afferrai e la strinsi a me — cazzo, quanto era bello sentire le sue curve morbide e calde — mormorò qualcosa.

"Che hai detto?" le chiesi.

"Non mi serve il tuo aiuto," disse provando a tirarmi una gomitata alle costole. Mancò completamente il bersaglio e colpì il pick-up.

"Ahia!"

"Tutto bene?"

"Sì, ma fa male," disse, massaggiandosi il gomito con l'altra mano.

Ero rimasto in disparte fino a quel momento, ma decisi di prendere in mano le redini della situazione e la presi in braccio per collocarla sul sedile del passeggero.

"Ti ho detto..."

La interruppi. "Lo so. Non ti serve il mio aiuto. E invece a me sembra proprio di sì. Se non fossi stato qui saresti caduta a terra. Per fortuna le tue amiche non ti avrebbero mai permesso di tornare a casa da sola."

Quando non rispose, le allacciai la cintura e chiusi la portiera. Il viaggio verso casa sua fu molto silenzioso. Ma ce l'avevo ancora duro. Ogni volta che toccavo quel suo corpo meraviglioso un desiderio ardente mi bruciava dentro. Cercai in tutti i modi di non pensarci, visto che quella notte non avrei potuto placare la mia fame. Dovermi trattenere mi provocava quasi un dolore fisico, ma era troppo ubriaca.

Parcheggiai nel vialetto di casa sua e capii che sarebbe stato meglio non offrirle il mio aiuto. La seguii comunque dentro casa e per mia sorpresa non obiettò né disse nulla. Entrati dentro, mi chiusi la porta alle spalle. Sapevo che sarebbe stata una vera tortura restare lì con lei senza poterla fare mia, ma non volevo lasciarla sola. Volevo addormentarmi di nuovo accanto a lei.

All'improvviso, si voltò e mi attirò a sé afferrandomi per la maglietta. In un secondo, le sue labbra stavano lasciando una scia ardente di baci lungo il mio collo. Facendo appello a tutto il mio autocontrollo, feci un passo indietro e la allontanai.

"Vai a letto," dissi subito, prendendola per mano e voltandomi.

"Che comandino che sei," annunciò sulle scale.

Inciampò sull'ultimo gradino e barcollò. La afferrai per la vita per rimetterla in piedi. Si girò e vacillò di nuovo, quindi la strinsi più forte.

Ero un gradino più in basso di lei, quindi più o meno alla sua altezza. I suoi occhi incrociarono i miei. L'aria si caricò immediatamente di elettricità. Maisie mi avvolse le braccia attorno al collo e si avvicinò, sbattendosi contro la mia erezione prorompente.

Per quanto ardentemente la desiderassi, non avrei ceduto alla tentazione. Non quella notte. Riusciva a malapena a reggersi in piedi. Le accarezzai la morbida linea dei seni e le afferrai la vita per fermarla.

La girai dall'altra parte e la superai, prendendola per mano per portarla in camera.

Si buttò sull'orlo del letto, rimbalzando leggermente. Poi fece una risatina. Maisie fece *una risatina*.

Mi si strinse il cuore e provai un'emozione strana, sconosciuta. Deglutii e la guardai, cercando di placare il martellio doloroso del mio cuore.

Stavo per dirle qualcosa, ma poi si raggomitolò su un fianco e si addormentò in men che non si dica. La osservai per un po'. Istintivamente, mi chinai e le spostai alcuni riccioli dalla guancia. Il cuore mi scoppiò con così tanta potenza che avrebbe quasi potuto rompermi una costola.

Mi tirai su, pensando a cosa fare. Ma ovviamente decisi di rimanere. Non ce l'avrei mai fatta a lasciarla lì così. Visto che stava dormendo come un sasso — la sentii addirittura russare lievemente — uscii in silenzio dalla sua stanza e scesi al piano di sotto per chiudere porte e finestre.

Tornato in camera da letto, le sfilai con cautela i jeans e riuscii perfino a toglierle il reggiseno da sotto la maglietta. Quando notai che le mutandine erano rimaste attaccate ai jeans, un'ondata di piacere mi pervase. Visto che sarebbe stato troppo complicato infilargliele di nuovo decisi di non farlo. Non potevo assolutamente svegliarla. Non batté ciglio neanche quando la presi in braccio per metterla sotto le coperte. Dopodiché, andai a farmi una doccia gelida.

Tornai da lei qualche minuto dopo, riuscendo a non svegliarla. Mi sistemai dietro di lei a pancia in su e si voltò subito verso di me. Fece passare una gamba sulle mie, mi appoggiò la testa sulla spalla e mi posò una mano sul petto. Non avevo mai desiderato dormire con nessun'altra donna. Con lo sguardo fisso sul lucernario, iniziai piano piano a rilassarmi, avvolto dal calore del soffice corpo di Maisie.

Capitolo Ventuno

MAISIE

Mi raggomitolai accanto a un corpo caldo e muscoloso. Santo cielo. Che goooduria...

Iniziai lentamente a svegliarmi e rimasi disorientata. Quando riacquistai lucidità mi resi conto che quel corpo apparteneva a Beck. Ero praticamente sopra di lui. Percepii la sua prorompente erezione sul fianco e un'ondata di piacere intenso mi pervase.

Oh.

Vabbè.

Non ricordavo molto della sera prima. Avevo sicuramente bevuto troppo vino. L'ultimo ricordo quasi nitido era di quando Beck mi stava accompagnando su per le scale, mentre io non riuscivo a pensare ad altro che a lui dentro di me. Poi il vuoto. Analizzai la situazione. Indossavo solamente una maglietta. Niente mutande. Mmh.

Mi sollevai su un gomito per guardarlo. Porca miseria. Perfino nel sonno era mozzafiato. I suoi riccioli corvini erano tutti spettinati. Aveva il viso più rilassato del solito. Mi fermai ad ammirare la sua bellezza. Per così tanto tempo avevo dovuto costringere me stessa a non guardarlo. Aveva i lineamenti senza alcun dubbio cesellati. La mascella forte e squadrata, gli zigomi scolpiti che avrebbero fatto impazzire qualunque donna. Il naso dritto come una lama. Le folte ciglia nere arricciate sulle guance. La bocca fatta per il peccato — labbra carnose e una leggera fossetta sotto quello inferiore.

Impulsivamente, mi chinai e baciai Beck su quelle labbra tentatrici. La sua bocca prese vita sotto la mia. Era un bacio lento, delicato — un sensuale groviglio di lingue. Quell'uomo era un vero professionista in materia di baci. Riusciva sempre a farmi sciogliere come burro. Quando fece scivolare la lingua tra le mie labbra mi sentii travolgere da una potente vampata di calore. Con una mano sul sedere, mi spostò su di lui.

Finii con le ginocchia ai lati dei fianchi di lui e iniziai a strusciarmi sulla sua erezione. Un gemito mi sfuggì dalle labbra, il desiderio ardente mi soffocava. Mi staccai dalla sua bocca per riprendere fiato. Sentii le sue dita tra i capelli, il pollice che mi tracciava le labbra. Aprii gli occhi e incrociai i suoi — il loro verde intenso impregnato di desiderio.

"'Giorno," mormorò, la voce ancora roca.

Il suono mi provocò un brivido lungo la schiena. Il suo sguardo mi lasciò senza fiato e mi scoppiò il cuore. L'avevo sempre visto come il tipico sciupafemmine superficiale. Forse lo era davvero, ma con me sembrava diverso.

Un velo di desiderio e intimità ci avvolgeva. Avrei potuto distogliere lo sguardo, ma non lo feci.

"Buongiorno," sussurrai.

A giudicare dalla poca luce che filtrava dal lucernario era ancora presto. Era come se in quel momento fossimo le uniche persone sveglie in tutto il mondo.

Mi passò il pollice sulle labbra. Lo presi tra i denti

e lo succhiai. Il suo sguardo si fece più intenso e inarcò il bacino verso di me. Stavo per impazzire. Quando sentii il suo membro sul clitoride e le labbra umide persi completamente la testa. Mi tirai su, spinta dal bisogno irrefrenabile di sentirlo dentro di me.

Sollevai il bacino e, appena prima che potessi ricadere sul suo pene, mi afferrò con forza per i fianchi. Sollevai la testa per guardarlo.

Il suo sguardo intenso mi penetrò l'anima.

"Non correre troppo," disse in tono autoritario.

Mandai giù il groppo in gola e rimasi ferma per un momento. La punta del suo pene baciava la mia fessura — lo desideravo da star male. Con un respiro profondo, mi posizionai bene sopra di lui e mi abbassai lentamente, affondando fino in fondo.

Poi rimasi ferma immobile. "Ho fatto abbastanza piano?" domandai, la voce incrinata dal desiderio.

Mi lasciò andare i fianchi, facendo scivolare le mani fino alla giuntura delle cosce, dove accarezzò con cura la pelle sensibile. Mi sentivo mancare il fiato, non riuscivo più a ragionare.

Mi costrinsi a non muovermi. Ero divisa tra impulsi contrastanti. Il mio corpo voleva abbandonarsi completamente al piacere. Eppure, sentivo anche il bisogno di vivere quel momento insieme a Beck, di dare ascolto alle sue parole e a ciò che sentivo dentro di me.

"Sì," rispose, facendomi venire la pelle d'oca con quella sua voce roca.

Iniziò a muoversi dentro di me, stringendomi i fianchi per assecondare le sue spinte. Trovammo un ritmo lento e sensuale. Nessuno dei due riusciva a staccare gli occhi dall'altro. Ogni colpo mi provocava un piacere immenso. La pressione dentro di me si amplificò sempre più e sentivo di essere vicinissima all'orgasmo. Ansimavo e gemevo sopra di lui.

Mi accarezzò lentamente la schiena e mi spinse verso di sé, per stimolare meglio il clitoride. All'ennesima spinta, un'ondata di piacere intenso mi travolse ed esplosi urlando il suo nome.

Beck si irrigidì e un grugnito gli sfuggì dalle labbra. Gli caddi addosso e mi prese tra le braccia. Rimasi ferma immobile sopra di lui, provando a riprendere fiato. I battiti del suo cuore riecheggiavano forti quanto i miei. Iniziai a rilassarmi, esausta ma incredibilmente soddisfatta.

Capitolo Ventidue

BECK

Le curve morbide e setose di Maisie premevano contro di me. Ancora non volevo separarmi da lei. Sarei voluto rimanere lì così per sempre. Le passai le dita tra i riccioli. Quando provò ad alzarsi la strinsi forte.

"Non ti muovere," le dissi.

Rise piano. "Che comandino che sei, stamattina."

Sollevò la testa, gli occhi marroni che brillavano di gioia.

"Dici?"

Annuì, facendo rimbalzare la chioma spettinata. "Non correre troppo. Non ti muovere. C'è qualcos'altro che non dovrei fare?"

Avevo provato a frenare il nostro interludio bollente dicendole di non correre troppo. Al pensiero mi si strinse il cuore e feci un respiro profondo per ricompormi. L'effetto che aveva su di me quella donna era indescrivibile. Non volevo finisse tutto così presto. Avrei volentieri fatto durare quei momenti per l'eternità.

Non sapendo cosa farmene di quei sentimenti, mi

strinsi nelle spalle e le sorrisi. Il suo sorriso era terribilmente contagioso. "Ho finito di darti ordini."

Le brontolò lo stomaco e ci poggiò sopra la mano.
"Oddio. Che casino."

"Allora adesso puoi muoverti. Ci facciamo una
doccia e poi ti preparo la colazione, ok?"

Non potevo credere alle mie stesse parole. Il mio
modus operandi con le donne era sempre stato lo
stesso: non ci passavo praticamente mai la notte
insieme e, quando capitava, me ne andavo prima
dell'alba. Niente mattinate a letto abbracciati, docce
insieme e colazione a casa. Ma con Maisie avrei voluto
ripetere la routine all'infinito.

Mi guardò e il suo sorriso si spense. Quando sentii
il suo cuore martellare violentemente contro le mie
costole, inclinò la testa di lato.

"Sai cucinare?"

"Proprio così. E molto bene, modestamente."

Il suo sorriso raggiante illuminava la stanza. Avrei
voluto abbracciarla forte e non lasciarla mai andare.
Soltanto Maisie riusciva a suscitare in me quelle
emozioni. Le feci scivolare lentamente una mano sulla
schiena. Il mio pene riprese vita e avrei potuto prenderla di nuovo.

"Mia madre amava cucinare e quando ero piccolo
mi teneva sempre con sé in cucina. A quanto pare, è il
modo migliore per imparare," aggiunsi.

"Oh," disse Maisie sottovoce.

Percepii che qualcosa era cambiato tra di noi, ma
non sapevo bene cosa. "Mia madre è morta qualche
anno fa. Mi manca da impazzire, ma ogni volta che
cucino penso a lei."

Mi era scappato così... lasciandomi di stucco. Non
mi ero mai aperto così tanto con nessuno. Mia madre
mi mancava davvero tanto. La sua morte aveva scon

volto la vita di mio padre, che piano piano aveva provato a rimettersi in piedi. Ero stato davvero fortunato. Ero cresciuto con due genitori che mi avevano sempre amato.

Maisie mi guardò fisso negli occhi e annuì lentamente. "Mi dispiace tanto."

"Anche a me. Ma è la vita, no? Siamo anche stati fortunati, visto che le era stato diagnosticato un cancro al seno quando ero ancora bambino. Era riuscita a batterlo, ma anni dopo è tornato e ce l'ha portata via."

Non riuscivo a decifrare l'aria pensierosa di Maisie. Beh, ero sconcertato perfino dalle mie stesse parole. Annuì di nuovo e iniziò lentamente a sollevarsi. Mi trattenni dallo stringerla forte a me e la seguii in bagno.

Dopo una doccia, scendemmo al piano di sotto. Avviò la macchinetta del caffè e io frugai un po' in frigorifero per trovare qualcosa da preparare.

"Posso usare le uova e del formaggio?" le chiesi, voltandomi verso di lei.

"Usa pure tutto quello che vuoi."

Iniziai a preparare delle omelette. Maisie mi osservava con un sorrisetto sulle labbra e dopo un po' mi passò una tazza di caffè. Erano anni ormai che non passavo una mattinata del genere. O almeno, con una donna. Era una di quelle tipiche mattinate di relax che condividevano i miei genitori. Dopo aver lasciato casa avevo sempre vissuto da solo. Ero il classico scapolo, ma perlomeno sapevo cucinare molto bene. Però farlo con qualcun altro era molto più divertente.

Dopo aver fatto colazione, mentre Maisie stava caricando la lavastoviglie, qualcuno bussò alla porta. Mi guardò. "Aspetti qualcuno?"

"Io? È casa tua!" risposi con una risata.

"Sì, ma nessuno viene mai a trovarmi," affermò, perplessa.

Andò ad aprire la porta. Io rimasi in cucina a finire la tazza di caffè, particolarmente delizioso. Dal bancone riuscivo a vedere chiaramente l'ingresso.

Aperta la porta, rimase come paralizzata. Raddrizzò la schiena e la sentii trattenere il fiato. Davanti a lei c'era un uomo, alto e smilzo, con i capelli brizzolati. Aveva il viso avvizzito. Inspiegabilmente, sentii il bisogno di proteggerla da lui.

Appoggiai il caffè sul bancone e Maisie aprì bocca.

"Che ci fai qui, papà?" domandò, in tono sorpreso.

"Mia piccola Maisie! Sono venuto a trovarti, no?"

Quando la abbracciò la vidi di nuovo irrigidirsi. Suo padre parlava in tono allegro e gioviale. Entrò in casa, senza essere stato invitato ad accomodarsi.

Cercai di rimettere insieme le poche informazioni che Carol aveva condiviso sull'infanzia di Maisie. Carol era stata la nostra centralinista per molti anni. Suo marito era morto molto prima di lei. Avevano avuto una figlia che se n'era andata dall'Alaska con un turista di cui si era innamorata. Carol non era mai riuscita a superare la sua morte. Sebbene non avesse mai parlato male di suo genero, aveva sicuramente qualche problema.

Il padre di Maisie entrò in cucina e si guardò intorno. Non mi degnò quasi di uno sguardo. Maisie chiuse la porta d'ingresso. Rimase lì, senza guardarmi, tesissima e preoccupata. Il signore ammiro la deliziosa casetta. Carol l'aveva rinnovata da zero qualche anno prima di morire. Era luminosa, spaziosa e molto accogliente.

Suo padre riportò lo sguardo su di lei. "Che bel posticino," disse annuendo, prima di entrare in soggiorno e buttarsi sul divano.

Il soggiorno si trovava dietro il bancone ricurvo della cucina. Le finestre a tutta parete bastavano a illuminare gli ambienti durante la giornata. C'era luce perfino a quell'ora del mattino. In un angolo al centro della stanza c'era un divano componibile, con le finestre su un lato e il televisore appeso alla parete dall'altro. Mia madre mi aveva proprio chiesto di aiutare Carol a montarlo. Oltre al divano c'erano anche una grande ottomana imbottita e qualche tavolino sparso per la stanza.

Finalmente Maisie si allontanò dalla porta e mi superò, lanciandomi un'occhiata fugace. Il suo sguardo gelido e guardingo mi ricordò il primo periodo in cui aveva iniziato a lavorare alla caserma. Si fermò al bordo del divano, poggiandosi una mano sul fianco.

"Che ci fai qui, papà?" chiese in tono pacato, ma percepii comunque un pizzico di frustrazione.

Senza sapere cosa fare, mi misi al suo fianco. Non sapevo nulla sul loro rapporto, ma non sembrava affatto contenta della visita improvvisa.

Suo padre sollevò lo sguardo. "Non mi presenti il tuo ragazzo?" domandò, ignorando completamente la domanda.

"Papà, lui è..."

Le passai un braccio sulle spalle e la interruppi. "Sono Beck. Beck Steele," dissi con un cenno del capo. "Le dispiace rispondere alla domanda di Maisie?"

Il signore, di cui ancora non conoscevo il nome, mi guardò per qualche secondo. I capelli brizzolati erano spettinati e in disordine, gli occhi di un grigio chiaro. Aveva l'aria sciupata, ma allo stesso tempo di supponenza. "Hank Thomas," disse infine con un cenno. Si girò verso Maisie e si strinse nelle spalle. "Volevo soltanto passare a trovarti."

La sentii irrigidirsi accanto a me. Quanto avrei

voluto cacciarlo di casa e fare tutto il necessario per aiutarla a rilassarsi di nuovo. Odiavo vederla così. Quando le accarezzai la schiena sentii la tensione allentarsi leggermente. Feci un respiro profondo e mi costrinsi a tenere la bocca chiusa. Non avevo alcun diritto di mettermi in mezzo. Sicuramente stava per negare che tra di noi ci fosse qualcosa, ma intromettendomi in quel modo gli avevo sicuramente dato l'impressione opposta. Ma non mi importava minimamente. Anzi, ero felicissimo che mi vedesse come il suo uomo. Ero pronto ad annunciare al mondo intero la nostra relazione. Dovevo soltanto aspettare la conferma di Maisie.

La sentii fare un respiro profondo e le accarezzai di nuovo la schiena. Non avevo idea di cosa volesse dire a suo padre, ma ero lì per lei.

"Papà, da quand'è che vieni a farmi visita? Me ne sono andata di casa a diciotto anni e anche se in California vivevamo sempre a meno di mezz'ora di distanza non sei praticamente mai venuto a trovarmi. Lo facevi soltanto quando avevi bisogno di soldi. In questi due anni che sono qui non mi hai nemmeno mai telefonato. Che ci fai qui?" ripeté, e le si spezzò la voce proprio alla fine.

Sentirla così vulnerabile mi fece stringere il cuore.

Però Hank non sembrava minimamente turbato. Fece spallucce. "E che problema c'è se il tuo buon vecchio papà viene a trovarti?"

Maisie non reagì bene al commento. Raddrizzò la schiena e mi girai a guardarla. Aveva le narici dilatate per la rabbia e gli zigomi rosso fuoco.

"Non sei mai stato il mio buon vecchio papà. Adesso basta con questa pagliacciata. Cos'è che vuoi? Soldi?"

Stavo cercando in tutti i modi di interpretare al

meglio la situazione, ma non avrei mai permesso a quell'uomo di costringerla a dargli soldi. Però per il momento rimasi in silenzio. Ancora non c'era bisogno del mio intervento.

Hank sembrò colpito dal commento di Maisie, ma non sorpreso. "Proprio non riesci a crederci che dietro non c'è niente, eh? Maledizione, Maisie. Dopo la morte di tua madre ho dovuto crescerti da solo. Dovresti apprezzarlo un po' di più. Avrei potuto spedirti qui da tua nonna, ma ho provato a fare la cosa giusta."

Ok, era riuscito a farmi infuriare. C'erano ancora molte incognite, ma una cosa mi era molto chiara. Ad Hank non importava un fico secco di Maisie.

"Beh, se mi avessi lasciata qui avrei avuto una vita migliore," replicò Maisie. "Adesso basta stronzate. Che vuoi da me?"

"D'accordo, va bene. Volevo stare qui per qualche giorno, ma avrei anche bisogno di un po' di aiuto con i conti da saldare," disse Hank in tono arrogante. Quanto mi sarebbe piaciuto tirargli un pugno.

"Come accidenti ha fatto a permettersi un biglietto aereo se non ha soldi?" domandai, dimenticando il fatto che non mi sarei dovuto intromettere.

"Mi ha aiutato la mia fidanzata. Lavora al ritiro bagagli dell'aeroporto e ha trovato un'offerta," disse con una scrollata di spalle.

Maisie non disse nulla riguardo il mio intervento. Anzi, restò in silenzio. La sentivo rigidissima sotto il mio braccio e stavo iniziando a preoccuparmi.

La guardai. I lineamenti erano duri e tesi, gli occhi lucidi. Volevo cacciare subito Hank di casa.

Ma purtroppo mia madre mi aveva insegnato le buone maniere e non riuscii a dire niente a quello stronzo. Mi voltai e Maisie si lasciò trascinare via. La portai al piano di sopra per un po' di privacy.

Entrammo in bagno e chiusi la porta. Maisie si appoggiò alla parete e si coprì il volto con le mani. Non sapevo cosa fare. Quando iniziò a singhiozzare, sentii che dovevo fare di tutto per confortarla. La avvolsi tra le braccia e la strinsi forte a me. All'iniziò si irrigidì, ma poi si rilassò e lasciò ricadere le braccia sui fianchi per affondare il viso nel mio petto.

Vederla così disperata e sentirla piangere per colpa di suo padre mi stava uccidendo. Dopo avermi avvolto le braccia attorno alla vita, fece un bel respiro.

"Mio padre è uno sfigato," mormorò. "Scusami, non mi aspettavo una sua visita."

Le passai le dita tra i capelli, affranto perché non potevo sopportare di vederla così turbata e allo stesso tempo incazzato nero con suo padre. "Non devi assolutamente scusarti. È stato lui a presentarsi qui senza invito. Per la cronaca, non me ne frega proprio un cazzo di tuo padre. Però non sopporto di vederti così. Se vuoi lo caccio di casa. Dimmi cosa posso fare e lo farò."

Sollevò la testa e la vulnerabilità che trovai nei suoi bellissimi occhi marroni fu come un pugno allo stomaco. "Non lo so. Sono abituata a fare tutto da sola. Poi è mio padre. Se gli do qualche soldo se ne andrà."

Evitai di insultarlo a voce alta. "E vuoi davvero dargli soldi?"

Si morse il labbro e una profonda tristezza le incupì gli occhi. "No, ma è il modo più facile per mandarlo via. Senti, non è una cattiva persona. È giusto un incapace. Vive continuando a fregarsene di tutto e di tutti."

Avrei voluto dire un miliardo di cose, avrei voluto insultare e maledire quell'uomo e assicurarle che l'avrei mandato via a calci, facendogli promettere che non l'avrebbe più importunata. Avrei voluto confessarle che odiavo vederla così distrutta e affranta a causa sua. Ma tenni a freno la lingua e feci un respiro profondo.

"D'accordo. Se non vuoi dargli soldi, allora non dargli soldi. Da quello che ho capito, non è la prima volta che succede. Ma se continui ad accettare ovviamente lui continuerà a ripresentarsi per chiederne sempre di più. Senti, mi è venuta un'idea. Posso chiedere un favore a un amico di Anchorage. Magari lì riesco a trovargli una camera in qualche albergo. Poi gli compro un biglietto di sola andata per farlo tornare a casa sua. Non c'è bisogno di dirgli chi è che paga."

Maisie mi guardò, continuando a torturarsi il labbro. "Non saprei. Non posso chiederti un favore simile. Devo trovare un modo per risolvere la situazione. Non..."

"*Non* devi farlo da sola, però." Le mie parole riecheggiarono più severe di quanto avrei voluto.

Rimase in silenzio e una lacrima solitaria le scivolò sulla guancia. Oh, merda. Mi si strinse di nuovo il cuore. Le asciugai la lacrima con il pollice.

Per me era un territorio sconosciuto. Non mi ero mai ritrovato in una situazione del genere e non sapevo che cazzo fare. Volevo soltanto farla stare meglio. Non avevo idea del perché stesse piangendo.

"No, senti. Facciamo tutto quello che vuoi tu. Volevo soltanto..."

Si passò la manica sul viso e il naso, scuotendo la testa.

"Tranquillo. Mi sento uno schifo. Cioè, è mio padre. Però odio quando fa così."

"Immagino."

Tirò su col naso e si asciugò di nuovo le guance.

Allungai la mano per prendere un fazzoletto dalla scatola sul bancone.

Si soffiò rumorosamente il naso e gettò il fazzoletto nella pattumiera. Con un respiro tremolante, sollevò di nuovo lo sguardo su di me. "Non mi sembra corretto cacciarlo e mandarlo fino ad Anchorage. Chiamo Janet e le chiedo se ha posto al suo B&B."

"Vuoi comunque che faccia il biglietto?"

Non sopportavo il pensiero di dover restare in disparte e lasciarle fare da sola quella telefonata, ma non avevo alternative. Sfigato o meno, era comunque suo padre.

Si strinse nelle spalle. "Ancora non ti so dire. Ma comunque sappi che ti restituirò i soldi."

Scossi la testa, ma lei la scosse con più enfasi. I suoi riccioli ancora bagnati dopo la doccia ondeggiarono da una parte all'altra.

Risi. Quando accennò un sorriso mi sentii terribilmente sollevato. Odiavo da morire vederla così turbata. Quel piccolo gesto mi colmò il cuore di gioia al punto che avrei voluto gridare.

Quella donna ormai aveva conquistato completamente il mio cuore. Maledizione.

Ma in quel momento non avevo tempo per perdermi tra i miei pensieri. "Ne riparliamo dopo. Ma sei sicura? Perché posso prenotare appena riusciamo a mandarlo fuori."

"Preferisco sempre non dover passare troppo tempo in sua compagnia, ma prima vorrei parlarci."

Fece un altro respiro profondo e indietreggiò. Sentii subito la mancanza del suo calore e delle sue curve morbide premute contro di me. Avrei voluto stringerla forte, proteggerla da qualunque male. Per quanto volessi fermarla, mi trattenni dal farlo. Per prima cosa, sembrava pronta per tornare da suo padre.

Seconda cosa, lui era giù ad aspettarci e non se ne sarebbe andato finché non ci fossimo occupati di lui.

Quindi la lasciai andare, benché con riluttanza. Maisie mi guardò. "Si vede che stavo piangendo?"

Aveva le guance lievemente arrossate e gli occhi umidi. Mi batté forte il cuore.

"Non molto, ma non ha importanza. Prima di rischiare di fare la figura dell'idiota, dimmi cos'hai in mente di fare."

Capitolo Ventitré

MAISIE

Quel pomeriggio, dopo aver terminato una telefonata ripresi il mio lavoro di archiviazione. Con la testa nello schedario, sentii chiamare il mio nome.

"Un secondo," mormorai, spingendo indietro la sedia.

Provai ad alzarmi, ma la coda di cavallo rimase incastrata nell'armadietto. Afferrai i capelli con una mano e mi voltai. "Come posso aiutarla?" domandai in automatico, provando a domare i riccioli ribelli.

Alzai lo sguardo e vidi Janet, che stava ridendo.

"Oh, ciao. Posso fare qualcosa per te?"

Appoggiò un gomito sul bancone e scosse la testa. "No. Però ho sentito che a te serve una stanza."

"Per caso hai spazio? So che è un po' improvviso, però..."

Agitò la mano in un gesto di noncuranza. "Tengo sempre una camera libera. Te la do a una condizione."

Dopo aver legato i capelli con l'elastico la guardai con sospetto. "Ehm, ok. Quale?"

I suoi occhi marroni si incresparono agli angoli quando sorrise. "Devi dirmi cosa c'è tra te e Beck."

Mi andarono a fuoco le guance. Che stupida. Avrei dovuto fare due più due. Soltanto Beck sapeva che stavo cercando una camera per mio padre. Quel mattino Beck mi aveva aiutata tantissimo e non sapevo davvero cosa pensare. Era stato la mia roccia quando stavo cadendo a pezzi e poi si era offerto di lasciare mio padre dal capitano Masters per un corso di formazione per pompieri e poliziotti. Almeno così poteva essere sicuro che fosse impegnato e che non mi sarebbe stato tra i piedi. Dato che mio padre era arrivato in autostop da Anchorage, non aveva protestato. Grazie a Beck ero riuscita a "cacciarlo" di casa, evitando persino che restasse da me per qualche giorno.

Non ero abituata ad avere qualcuno su cui contare. Era una situazione nuova. Il vortice di emozioni che mi turbinava dentro mi lasciava sempre più confusa. Ma stranamente mi piaceva da impazzire. Così tanto da sembrare un sogno. Però, purtroppo, ancora non riuscivo a lasciarmi andare completamente ai miei sentimenti.

Janet si schiarì la gola. Oh, giusto. Mentre io stavo fantasticando su Beck lei era in attesa di una risposta. Incrociai i suoi occhi gentili e mi strinsi nelle spalle.

"In che senso?"

Provai a fingere, ma Janet non se la sarebbe mai bevuta. Inclinò la testa di lato e inarcò un sopracciglio.

"Vediamo un po'. Allora, a quanto pare Beck era a casa tua alle prime luci dell'alba. Ed è pure diventato il tassista personale di tuo padre. L'ha accompagnato dal capo della polizia e poi è passato ad avvisarmi che ti serve una stanza per il tuo papà. Nonostante la discrezione di Beck, ho capito che c'è sotto qualcosa. Non sono mica scema."

Sentivo le guance bruciare per il terribile imbarazzo. Visto che non potevo andare in bagno a darmi una rinfrescata, tirai fuori un po' di coraggio e incrociai lo sguardo fin troppo sveglio di Janet.

"Diciamo che ci stiamo frequentando. Ma non dirlo a nessuno, per favore. Non voglio che i ragazzi inizino a trattarmi in modo diverso. Amo questo lavoro e..."

Lo sguardo di Janet si addolcì. "Ehi, sai che non lo direi mai a nessuno. Certo, so tutto perché il mio bar è letteralmente il cuore pulsante di Willow Brook, ma non sono una pettegola. O perlomeno, le cose importanti le tengo sempre per me. Sono felicissima di vedere che finalmente ti sei lasciata andare. In questi anni sei stata un po' come una tartaruga, sempre chiusa in te stessa. E poi penso che Beck sia proprio un bravo ragazzo. E si vede che per lui sei molto speciale."

La guardai, senza sapere cosa dire. Janet mi osservò, inarcando un sopracciglio. Il calore nel suo sguardo placò la tensione che mi attanagliava il petto.

Sospirai. "Ok, va bene. Sì, diciamo che ci frequentiamo. Ma non voglio che nessuno lo sappia. Non so cosa potrebbero pensare gli altri ragazzi qui in caserma."

Janet si strinse nelle spalle. "Io non sono loro, tesoro. Capisco perché preferisci che rimanga un segreto. Ma non voglio sentirti così insicura sul vostro rapporto. Beck sta facendo sul serio con te. Adesso si sta trascinando dietro tuo padre e gli sta trovando un posto dove passare la notte. A proposito, che accidenti ci fa qui quell'uomo?"

Mi si strinse il cuore e una profonda tristezza mi invase. Succedeva ogni volta che pensavo a lui. Era il mio solo e unico padre e gli volevo bene, ma avrei preferito che la smettesse di vivere la sua vita alla giornata. Avrei preferito che non fosse passato a trovarmi soltanto per chiedermi soldi. Ma allo stesso sapevo che lui non la vedeva così. Non gliene importava un fico secco delle conseguenze delle sue azioni. Era un uomo superficiale, carismatico e interessante che riusciva facilmente ad attirare gli altri nella sua orbita. Gli aspetti mondani e noiosi della vita passavo sempre in secondo piano. Alla fine, quando aveva bisogno di soldi, si rivolgeva a chiunque per risolvere i suoi problemi finanziari.

"Ha bisogno di soldi ed è venuto fin quassù per chiedermeli," dissi piattamente. "A quanto pare, la sua fidanzata gli ha trovato un volo molto economico. Probabilmente gliel'avrà pagato lei. Non so cosa fare. Beck dice che non dovrei dargli neanche un soldo, perché facendo così rischio solo che torni a chiedermene altri."

"Beck ha assolutamente ragione," disse Janet, con occhi colmi di rabbia. Strinse le labbra, con disapprovazione. "Non permettergli di invadere la tua vita. Non te lo meriti. So che è tuo padre, ma..."

La interruppi. "Esatto. Il problema è proprio quello. È mio padre — il mio unico padre. So che è uno sfigato. So che il suo atteggiamento è riprovevole, ma non è facile dirgli di no."

Sentii una fitta di dolore al cuore. Per tutta la vita avevo fatto i salti mortali per attirare l'attenzione di mio padre. Avevo bisogno di una figura paterna. Nonostante tutto, riusciva sempre a toccare le corde usurate del mio cuore.

Lo sguardo di Janet si addolcì nuovamente. "Tesoro, puoi dirgli di no anche se gli vuoi bene. Non è sul lastrico, avrà bisogno giusto di qualche soldo per tirare avanti. Non permettergli di sfruttarti. Deve smetterla di farti soffrire. Ripeto, Beck ha ragione. Se lo accontenti continuerà a chiederti soldi." Fece una pausa, inclinando la testa di lato. "Quante volte l'ha già fatto?"

Mi strinsi nelle spalle. "Non so. Almeno una volta l'anno e ha smesso quando mi sono trasferita qui. È la prima volta che viene a trovarmi."

"Tesoro, non posso dirti cosa fare, ma ci provo comunque. Sicuramente non è una cattiva persona, ma ha sempre scelto la via più facile, scavalcando chiunque per ottenere ciò che vuole. È fatto così, quindi non dovresti dargli corda. Se vuoi che il vostro rapporto non vada completamente a rotoli ti conviene rifiutare. È uno scansafatiche che sa come ammaliare il prossimo. È così che è riuscito a conquistare tua madre. L'amore l'aveva resa cieca. Se fosse stato per Beck, l'avrebbe già portato ad Anchorage per caricarlo su un aereo. Però gli do la stanza libera. Senti la mia idea: stasera tuo padre resta al B&B così potete chiacchierare un po'. Ogni volta che prova a chiederti soldi, cerca di fargli capire che non glieli darai. Non sei la sua banca personale. Poi domani lascia che Beck lo accompagni all'aeroporto di Anchorage. Che ne dici?"

La guardai negli occhi. Il senso di colpa si annidò tra i miei pensieri. Era difficile dire di no a mio padre. Certo, non era stato un padre modello, ma sapevo anche che sarebbe potuta andarmi molto peggio. Almeno ci aveva provato. Non che si fosse sforzato molto, ma aveva comunque fatto del suo meglio. Però Janet aveva ragione.

Feci un respiro profondo per placare il senso di colpa e l'ansia, poi annuii. "D'accordo, ci proverò. Visto che lui non ha soldi, vuoi che la stanza la paghi io?"

Scosse lentamente la testa. "No, tesoro. Non ti preoccupare. Facciamo che dopo il lavoro passi al bar?

Possiamo mangiarci qualcosa insieme. Dopo quello che è successo a tua madre sai che tuo padre non mi va molto a genio, ma voglio essere comunque lì al tuo fianco quando ti tocca parlarci. D'accordo?"

Le sue parole mi scaldarono il cuore. Ero abituata a gestire tutti i miei problemi da sola, ma adesso avevo Janet e Beck ad aiutarmi. Il loro appoggio era una manna dal cielo. Eppure, era una sensazione strana, sconosciuta. Travolta da un turbinio di emozioni, feci un respiro profondo per riuscire a risponderle.

"D'accordo," dissi.

Janet si allontanò dal bancone e sfoderò un sorriso raggiante. "Va bene se anche Beck si unisce a noi?"

La guardai, sorpresa. Una cosa del genere avrebbe reso pubblico il nostro rapporto. Ci ragionai talmente tanto che iniziò a farmi male la testa. Come se mi avesse letto il pensiero, Janet mi guardò.

"Non farti troppe seghe mentali. Sei amica di tutti i ragazzi che lavorano qui. Nessuno di loro si farebbe problemi a sedersi a tavola con te nel mio bar. Se ti innervosisci troppo sarà evidente che c'è qualcosa sotto. Ovviamente siete ancora agli inizi e siete confusi entrambi. Ma non fare troppo la misteriosa, altrimenti inizi a destare sospetti. Fidati, se ti comporti in modo strano i pettegolezzi si diffonderanno a macchia d'olio."

Detto ciò, mi fece l'occhiolino e si girò per andarsene. Rimasi con lo sguardo fisso fuori dalla finestra e poi scossi la testa per riprendermi. Ricominciai il lavoro di archiviazione, senza sapere cosa fare con mio padre e con Beck.

Capitolo Ventiquattro

BECK

Stavo camminando accanto a Cade e mi sfilai i guanti da lavoro, sbattendomeli sulla gamba per ripulirli dalla terra. Fece lo stesso anche lui. Mi fermai e mi voltai verso le fiamme che si alzavano imponenti alle nostre spalle. Quel giorno si stava tenendo una delle tante esercitazioni congiunte di polizia, pompieri e paramedici. Avevamo scelto la stazione di trasferenza per rifiuti, piena di materiali da poter bruciare. Le nostre due squadre avevano terminato il lavoro. L'altra squadra aveva preso il nostro posto e si sarebbe occupata dell'incendio per tutto il resto del pomeriggio, fino a estinguerlo. Ci rigirammo per riprendere a camminare verso le nostre auto.

Cade mi lanciò un'occhiata. "Ti va di prenderci una birra dopo il lavoro?" chiese.

Normalmente avrei accettato senza neanche pensarci due volte. Ma quel giorno dovevo occuparmi del padre di Maisie. Ore prima l'avevo lasciato dal capo della polizia, il padre di Cade. Sicuramente sarei stato al centro dei pettegolezzi di Willow Brook. Non che a Cade piacesse spettegolare. Anzi, lo detestava. Il gossip l'aveva rovinato, ai tempi della sua rottura con Amelia.

Mi voltai verso di lui e scossi la testa. "No, grazie. Oggi sono impegnato," spiegai rimanendo sul vago, sperando di chiuderla lì.

Cade inarcò un sopracciglio. "Oh?"

Dato che era uno dei miei pochi buoni amici sapevo di potermi fidare di lui, quindi mi feci coraggio e decisi di sputare il rospo.

"Già, oggi il padre di Maisie si è presentato da lei senza preavviso. A quanto pare, è venuto a chiederle soldi. Sono riuscito a convincere tuo padre ad aiutarmi. Hank non ha la macchina e non volevo passasse la giornata a infastidirla, quindi l'ho lasciato con il capitano Masters. Almeno così è rimasto impegnato con l'esercitazione." Risi. "Tuo padre ha accettato volentieri. Devo sentire di nuovo Janet per assicurarmi che abbia una stanza disponibile. Anche se ancora non sono riuscito a convincere Maisie, voglio comprare un biglietto aereo per suo padre e farlo ripartire domani."

Arrivammo ai nostri pick-up, parcheggiati uno accanto all'altro. Cade si appoggiò al suo e mi guardò a bocca aperta. Poi scosse la testa, sbattendo le palpebre incredulo.

"Che cazzo sta succedendo?" domandò. "Cioè, l'avevo capito già da un po' che hai una cotta per Maisie. Ma come ci sei finito in questa situazione? Da quello che mi ha detto mia madre, suo padre è un vero sfigato."

Mi feci una risata. "Senza alcun dubbio. Anche mia madre mi aveva detto la stessa cosa." Feci una pausa e pensai a cos'altro dire. Cade non era un idiota e ormai aveva capito che gli stavo nascondendo qualcosa. "Diciamo che io e Maisie abbiamo iniziato a frequentarci."

Cade sbarrò leggermente gli occhi e un sorrisetto furbo gli sfiorò le labbra. "Benissimo. Quindi la scommessa con Amelia la vincerò io."

"Quale scommessa?" chiesi.

"Oh, un po' di tempo fa le ho detto che secondo me ti sei preso una cotta per Maisie, ma lei non voleva crederci."

Cazzo. Non volevo che la gente iniziasse a farsi gli affari nostri. Cade non mi preoccupava più di tanto, ma sapevo benissimo che a Willow Brook le voci circolavano alla velocità della luce. Ero preoccupato soprattutto per Maisie, data la sua riservatezza. Guardai Cade, appoggiando un fianco sul paraurti e il gomito sul cofano.

"Fammi un favore. Ovviamente puoi dirlo anche ad Amelia, ma chiedile di non parlarne con nessuno. Non voglio che Maisie si preoccupi troppo. Ha paura che la notizia giri e che i ragazzi inizino a vederla in modo diverso."

Cade mi guardò, il suo sorrisetto si spense. Annuì. "Certo, bello."

Restò in silenzio per un po'. Feci ruotare le spalle, leggermente a disagio. Il rapporto con Maisie era ancora da definire e non mi sentivo pronto a parlarne con qualcun altro.

Cade mi guardò a lungo. "Beh, sai che ti dico? Era anche ora."

"In che senso?"

"Beh, hai passato anni a spassartela. Non sei uno stronzo, però sei un pessimo donnaiolo. Lo sapevo che prima o poi avresti trovato la donna giusta per te."

Come mi succedeva spesso in quei giorni, il mio cuore fece una capriola. Pensare a Maisie mi faceva sempre quell'effetto. Sicuramente la mia confusione interiore era pure visibile sul mio volto.

Continuò. "Cioè, sapevo che prima o poi avresti messo la testa a posto per stare con qualcuno."

Un migliaio di domande mi affollarono la mente, domande che non ero ancora pronto a fare. Quindi annuii e basta. "Ok. Beh, io vado a cercare tuo padre e Janet. Spero di trovare una soluzione per Hank. Ci sarà da divertirsi," conclusi.

Cade si tirò su con una risata. "Immagino. Allora ci sentiamo un'altra volta. Fammi sapere se hai bisogno di una mano."

"Certo, grazie."

Salimmo nelle nostre auto e mi avviai verso la stazione di polizia, collegata alla caserma. Pochi minuti dopo entrai nell'ufficio del capitano Masters. Trovai Hank su una sedia della sala d'attesa, che sfogliava una rivista. Si girò appena mi sentì entrare e sollevò il mento.

"Salve. Sei passato a prendermi?" domandò.

"Esatto. Mi dia giusto un secondo. Prima devo parlare con il capitano Masters."

Hank riportò lo sguardo sulla rivista e ricominciò a sfogliarne le pagine. Bussai alla porta dell'ufficio ed entrai quando mi invitò dentro, per poi chiudermi la porta alle spalle. Cade era tale e quale a suo padre. Rex Masters aveva i suoi stessi ricci castani, con qualche striatura argentata. Sul viso avvizzito non mancava mai un sorrisetto furbo. O perlomeno con me era sempre sorridente.

"Sei tornato per fare il babysitter?" chiese con un sorrisetto.

Risi. "Esattamente. C'è qualcosa che dovrei sapere?" gli chiesi.

Rex scosse la testa. "No. Oggi non è successo niente di che. Pensavo di portarlo a vedere l'esercitazione, ma il mio turno è tra più di un'ora. Ho pensato fosse meglio evitare di portarlo troppo in giro per evitare che la gente si faccia troppe domande."

Quella mattina gli avevo raccontato la situazione. Anche Rex era d'accordo con me, Hank doveva smammare il prima possibile da Willow Brook. Testuali parole: quell'uomo era un buono a nulla, capace soltanto di giocare a poker.

Come se mi avesse lento nella mente, disse. "Ho ragionato un po' sulla situazione. Stasera portalo al Wildlands a giocare a poker. Se non ha perso il talento, riuscirà a vincere i soldi che gli servono. Almeno così Maisie non dovrà rifiutarsi direttamente di aiutarlo."

Inclinai la testa di lato e annuii. "Mi sembra un piano eccellente. Avrei dovuto pensarci prima."

Rex rise. "Beh, diciamo che risolvere problemi fa parte del mio mestiere. Ma ricordo ancora quando è venuto qui la prima volta e si è portato via la madre di Maisie. Era rimasto qui qualche settimana. Sai che mi piace giocare a carte, quindi ogni tanto lo incrociavo nei bar. Nel poker ci sapeva proprio fare e ne andava molto orgoglioso," disse.

"La cosa non mi entusiasma molto, soprattutto perché dovrò passare la serata con lui, ma lo farò comunque. Avresti dovuto vedere la faccia di Maisie quando ha aperto la porta di casa e se l'è trovato davanti. Cos'altro sai sul suo conto?" gli chiesi.

Purtroppo quella mattina non ero riuscito a parlare molto con Janet. Lei sicuramente ne sapeva di tutti i colori, mentre io ricordavo giusto qualche informazione sentita da mia madre quando ero piccolo. Tenevano tutti tanto a Carol, quindi le erano rimasti accanto dopo la partenza di sua figlia. Le aveva spezzato il cuore. Chissà se la madre di Maisie sarebbe mai tornata a Willow Brook. Ma ormai era morta, quindi non sarebbe *mai più* tornata.

Rex si appoggiò allo schienale della sedia e si passò una mano tra i capelli. "Georgie sicuramente sa qualcosa," commentò, riferendosi a sua moglie. "Oggi l'ho chiamata e le ho fatto giurare di non raccontare niente in giro su te e Maisie."

A Rex non avevo detto niente, ma era ovvio il perché mi trovassi a casa di Maisie alle prime luci dell'alba. Avrei tanto voluto poterle parlare prima dell'arrivo di suo padre. Avrei voluto dirle che non volevo più nascondere la nostra relazione. Ma sapevo benissimo che non sarebbe stato affatto facile convincerla.

Ormai non me ne importava più niente, volevo soltanto stare con lei. Nonostante mi sentissi ancora confuso, ero praticamente certo che Maisie fosse riuscita a fare breccia nel mio cuore. La parola *amore* aleggiava tra i miei pensieri. Cercai comunque di allontanarla. Certo, ero prontissimo a dichiarare al mondo intero che Maisie era l'unica donna per me, ma non ero ancora pronto a dire che l'amavo. Ma c'ero vicinissimo. Abbassai lo sguardo, fissando i miei scarponi rovinati per qualche secondo prima di riportarlo su Rex.

"Grazie mille. Come avrai capito, tra di noi è nato qualcosa."

In quell'istante, ricordai che Maisie era preoccupata anche dal fatto che in un certo senso ero il suo superiore. Sarebbe dunque stato saggio parlarne con

Rex il prima possibile. Non era il mio capo, ma quello di Maisie. Feci un respiro profondo e mi preparai alla conversazione. Volevo credere con tutto me stesso che non ci fosse niente di cui doversi preoccupare. Ma probabilmente avevo soltanto evitato un potenziale problema.

"Ho una domanda," iniziai.

Rex rimase in silenzio e inarcò un sopracciglio. "Che domanda?" chiese.

"Per caso sono un superiore di Maisie?"

Rex scoppiò a ridere alla mia domanda e continuò così per un bel po'. Appoggiò i gomiti sulla scrivania e posò il mento sulla mano, scuotendo lentamente la testa.

"Mi chiedevo quando me l'avresti chiesto," disse infine.

Iniziai a preoccuparmi. Ovviamente sapevo che avremmo trovato una soluzione, ma ero sicuro che Maisie avrebbe dato di matto.

"Quindi?" domandai.

Notai che gli brillavano gli occhi, probabilmente divertito dalla situazione. "Qui l'unico superiore di Maisie sono io. Non ti preoccupare. Quando non ci sono potrei chiedere a uno di voi capisquadra di coprirmi e solo in quel caso saresti tecnicamente il suo capo. Però ci sono alcune regole riguardo le relazioni tra colleghi," aggiunse, mimando le virgolette con le dita.

"Ooook, e quali sarebbero?" chiesi.

Rex rise di nuovo. "Potrei divertirmi a farti soffrire un po', che ne dici?"

Sospirai e gli lanciai un'occhiata supplichevole. "Non farlo, ti prego. Dimmi quello che devo sapere."

"E va bene. Visto che quello che comanda qui sono

io, basta che mi informiate della relazione. Tecnicamente non sono il tuo capo, ma devi comunque rispondere a me. Per adesso mi hai informato tu, quindi aspetterò la conferma di Maisie."

Lo fissai e mi resi conto di essere rimasto a bocca aperta per lo shock.

"Sul serio? Devi davvero parlarne anche con lei?"

Con un sorriso furbo, annuì vigorosamente. "Assolutamente sì. Secondo te come andrà?" chiese.

Alzai gli occhi al cielo. "Secondo *te* come andrà?" chiesi, con voce strozzata.

Merda, merda, merda. Ho un brutto presentimento.

Rex mi guardò storto. "C'è ancora tempo, tranquillo. Perché prima non ne parli con lei? Immagino ne abbiate già discusso."

Scossi la testa.

Finalmente la mia espressione gli aveva fatto pena. "Prima occupati di suo padre e poi parlale. Per tua informazione, l'avevo capito da solo che c'era qualcosa sotto."

Lo guardai di nuovo a bocca aperta. "Cosa?"

Gli strappai un'altra risata.

Rex scosse lentamente la testa. "Beck, passo da voi un sacco di volte. Il mio occhio attento non sbaglia mai. Guardi quella ragazza come se fosse il centro dell'universo e lei fa sempre del suo meglio per non guardarti."

Sbuffai internamente, quasi infastidito dal fatto che fosse riuscito a leggermi come un libro aperto. "Beh, grazie per aver detto a Georgie di non parlarne con nessuno. Adesso penso al padre di Maisie. Ti andrebbe di giocare a poker con noi, questa sera?"

Rex sfoderò un sorriso raggiante. "Mi farebbe molto piacere. Fammi sapere quando muovermi."

Dopodiché girai i tacchi e uscii dall'ufficio. Salii in

macchina con Hank e lo accompagnai al Firehouse. Janet era la proprietaria del bar e di un piccolo B&B nell'edificio accanto. Dovevo ancora capire se c'era una stanza disponibile, sentire Maisie e comprare il biglietto aereo. Oltre a tutto quello si era aggiunto anche il poker.

Capitolo Venticinque

MAISIE

Salutai Beck e mio padre. Con mia immensa sorpresa, avrebbero passato la serata a giocare a poker. Beck mi aveva detto che faceva tutto parte del piano del capitano Masters. Lo trovai a dir poco geniale. Per la prima volta in vita mia, speravo davvero che sbancasse il tavolo da poker. Volevo che tornasse a casa con qualche soldo da parte.

Ripensai alle parole di Beck. *Almeno così guadagnerà qualcosa e non dovrai più preoccuparti per lui. E per me è l'unica cosa che conta.*

Ancora non avevo ben capito come accettare l'aiuto di Beck, ma mi stava rendendo impossibile rifiutarlo. Senza parlare di Janet, che mi aveva letteralmente messa all'angolo. Mi appoggiai allo schienale della sedia del Firehouse e guardai Janet e Amelia. Janet aveva insistito per non lasciarmi sola durante la cena con mio padre, quindi aveva portato anche Amelia. Beck era arrivato verso la fine per prendere mio padre e accompagnarlo alla partita di poker. Amelia guardò verso la porta proprio quando Beck si girò di nuovo. I nostri sguardi si incrociarono e i suoi occhi penetranti mi bruciarono l'anima. Rimase fermo sulla porta per qualche istante più del necessario, poi distolse lo sguardo all'ultimo secondo e si affrettò fuori. Le campanelle risuonarono alle sue spalle.

Strinsi con forza le cosce, cercando di placare l'improvviso desiderio pulsante. Era assurdo. Dovevo essere troppo scossa e turbata per pensare al sesso. Ma invece non riuscivo a pensare ad altro che al sesso. Beh, per l'esattezza al sesso con Beck. Il fatto che fossi pure in un bar affollato non aiutò. Presi la tazza di caffè e bevvi un lungo sorso, il sapore amaro riuscì momentaneamente a riportarmi con i piedi per terra. Dopo aver appoggiato la tazza sul tavolo guardai Janet e Amelia.

"Caspita," disse Amelia.

Janet rise.

"Che c'è?" le chiesi.

Amelia arricciò le labbra e alzò gli occhi al cielo. "Oh, niente. Avevo soltanto paura che quei vostri sguardi potessero dare fuoco al locale. E ho pure perso la scommessa che avevo fatto con Cade su te e Beck," disse, scuotendo lentamente la testa.

"Che scommessa avresti perso?"

Amelia fece una risatina. "Qualche tempo fa Cade mi aveva detto che secondo lui Beck aveva una cotta per te. Io gli ho dato del pazzo. E soprattutto non pensavo che tu potessi ricambiare."

Il suo commento mi ferì leggermente, ma non dissi niente. Probabilmente l'aveva letto nel mio sguardo, visto che i suoi occhi si incupirono quasi subito.

"Non fraintendere. Per me siete due persone meravigliose. Sono cresciuta insieme a Beck e sapevo che prima o poi avrebbe messo la testa a posto. Non prenderla male, ma fino a poco tempo fa eri sempre, beh, piuttosto scontrosa. Non sembravi interessata alle relazioni sentimentali, figuriamoci a una con un uomo come Beck. È un tipo sempre allegro e spensierato. Ma adesso ho avuto l'occasione di conoscerti meglio. Non sei scontrosa, sei più..."

"Una stronza?" suggerii.

Janet scoppiò a ridere. "Sì, esatto."

Amelia rise con noi e poi si incupì di nuovo. "Eri sempre guardinga e diffidente, sai?"

"Beh, adesso che hai conosciuto mio padre e sai com'è fatto potrai capire perché sono diventata così. Me la sono sempre dovuta cavare da sola," le spiegai.

Janet allungò la mano e mi strinse la spalla. "Adesso siamo tutti qui per te."

Mi si strinse la gola, ma mandai giù il groppo e feci un bel respiro. "Sai, ancora non ci ho fatto l'abitudine." Non aggiunsi che la cosa mi aveva lasciata completamente spiazzata. Non sapevo cosa pensare o cosa fare, ero terribilmente combattuta. Volevo che Beck si prendesse cura di me, ma poi mi incazzavo con me stessa anche solo per averlo pensato. Non riuscivo a fidarmi di me stessa e di conseguenza a rilassarmi e lasciarmi andare.

Bevvi un altro sorso di caffè. Amelia mi guardò con affetto.

"Comunque sia... si vede che siete pazzi l'uno per l'altra!"

Janet rise di nuovo e anche a me sfuggì una risata. Amelia aveva ragione. Non volevo parlarne perché ancora non ero riuscita a decifrare il groviglio di sentimenti che provavo per Beck.

"Ho paura che in caserma possa cambiare tutto, se i ragazzi dovessero scoprirlo."

Il commentò lasciò le mie labbra prima che il mio cervello potesse fermarlo.

Amelia inclinò la testa di lato. "Sì, ti capisco, ma

secondo me andrà tutto bene. Willow Brook è un piccolo paesino, quindi i pettegolezzi sono il pane quotidiano di tutti. Ci sono passata anche io. Odio il gossip, quindi ti assicuro che non ne parlerò con nessuno. Ma se l'ho notato io che tra di voi c'è qualcosa, sicuramente l'hanno notato anche altri."

Sorseggiai di nuovo il mio caffè. "Lo so. Però adesso devo risolvere la situazione con mio padre. Voglio fare un passo alla volta. Con Beck non c'è comunque ancora niente di ufficiale."

Janet mi guardò storto.

"Che c'è?" chiesi.

"Eccome se è ufficiale, visto che Beck non solo sta facendo da tassista per tuo padre, ma vuole pure comprargli un biglietto aereo e ha passato la mattina a tormentare me e il capo della polizia per trovargli una stanza e tenerlo occupato," affermò.

La guardai, le guance in fiamme. Detto così sembrava davvero che tra di noi ci fosse qualcosa di più. Non sapevo più che pensare. Ma finché non ne avessi parlato con lui non avrei avuto alcuna certezza. Sarà perché da bambina la mia vita era stata avvolta dall'incertezza più totale. Mi piacevano le liste e i moduli, sapere con assoluta certezza che qualcosa sarebbe successo davvero. Dovevamo parlare, ma non sapevo nemmeno da dove iniziare. Le mie relazioni passate erano durate tutte molto poco. Le solite storielle insignificanti delle superiori e dell'università. Non mi avevano lasciato niente ed ero sempre riuscita ad andare avanti con la mia vita. Ma sapevo che quella volta era diverso.

Capitolo Ventisei

BECK

Mi appoggiai allo schienale mentre Hank giocava la sua ultima mano. Rex aveva ragione, il padre di Maisie ci sapeva proprio fare a poker. Non ero un uomo a cui piaceva perdere. Amavo vincere, anche quando giocavo a carte soltanto per divertirmi. Era sempre una soddisfazione poter tornare a casa con qualche soldo in tasca. Ma quella sera, per fortuna, vinse tutto Hank. Non sapevo quanti soldi volesse spremere da Maisie, ma speravo che quelle poche centinaia di dollari gli sarebbero bastate per tirare avanti. Adesso dovevo soltanto trovare un modo per farlo ritornare in California il giorno dopo. Dato che Maisie mi era sembrata ancora piuttosto insicura stavo aspettando una sua conferma.

Hank stava ridendo e scherzando con gli altri ragazzi seduti al tavolo. Prima che iniziassi a frequentare Maisie passavo molte serate del genere. Bevvi un lungo sorso di birra. Sentii chiamare il mio nome e mi voltai. Vidi Janice che si avvicinava al tavolo. Non era di Willow Brook, ma frequentava spesso la zona. Durante l'estate stava sempre un po' in paese e un po' ad Anchorage. I suoi genitori possedevano una residenza di caccia a Willow Brook. Io e lei avevamo avuto qualche avventura nel corso degli anni. La salutai e mi rigirai verso i ragazzi. Non stavo cercando di ignorarla, ma tra di noi non c'era comunque mai stato niente di serio. Anzi, me la spassavo con lei solo quando non ero impegnato con qualche altra conquista. Perché alla fine non ho mai preso seriamente nessuna relazione. Maisie era l'unica eccezione.

Sentii di nuovo il mio nome e quando sollevai lo sguardo vidi Janice al mio fianco. Quando mi poggiò una mano sulla spalla, provai a spostarmi senza dare troppo dell'occhio. Era una situazione piuttosto anomala. In passato non mi sarei preoccupato troppo delle sue avances anche se frequentavo un'altra donna. Ma in quel caso parlavamo di Maisie. Non mi preoccupavo troppo dell'opinione degli altri perché non stavamo facendo niente di inappropriato, ma non mi sembrava comunque giusto nei confronti di Maisie.

"Ehi, Beck. Che si dice?" mi chiese.

Mi sporsi in avanti per prendere un tovagliolo che non mi serviva nemmeno, riuscendo a far scivolare via la sua mano.

"Niente di che. Stavo giusto giocando a carte con degli amici," risposi.

Si guardò intorno, sfoderando un sorriso.

"Chi ha vinto stasera?" domandò.

Rex rise e puntò il pollice verso Hank. "Stasera ha vinto Hank. Adesso ci rilassiamo un po'. Per quanto resti in zona?" le chiese, con familiarità.

Anche se Janice e i suoi genitori non vivevano a Willow Brook, li conoscevano praticamente tutti. Le famiglie come la sua venivano affettuosamente chiamate "zigoli delle nevi", uccelli che arrivavano l'estate e migravano l'inverno. I suoi genitori si fermavano in paese una volta ogni tanto, mentre lei passava quasi tutta l'estate ad Anchorage, venendo ogni tanto anche da noi.

"Giusto per il weekend," rispose. "Come va?" gli chiese.

Rex le fece un resoconto dell'estate.

Mi sentii leggermente sollevato. Non ero sicuro che Rex l'avesse fatto di proposito, ma era riuscito a distogliere l'attenzione di Janice da me. In quel momento sentii il nome di Cade alle mie spalle. Quando mi voltai vidi Amelia con Maisie al suo fianco e una scossa elettrica mi pervase. Un sorriso mi sfiorò immediatamente le labbra e il mio corpo iniziò a pulsare di desiderio.

Si avvicinarono al tavolo e Amelia raggiunse Cade per baciarlo. La presenza di Janice la sentii quasi come un disturbo. Ero seduto in un angolo, quindi nessun altro oltre lei si sarebbe potuto avvicinare. Un singolare miscuglio di emozioni mi si agitò dentro. Volevo alzarmi e spingere via Janice per poter prendere in grembo Maisie e baciarla fino allo sfinimento. Però purtroppo avevamo deciso di mantenere un profilo basso. Sicuramente non avrebbe apprezzato effusioni o commenti fuori luogo. Ma non avrei comunque potuto fare niente. Janice era lì al mio fianco e non l'avrebbe presa bene.

Rex incrociò il mio sguardo, poi spinse indietro la sedia e si alzò in piedi. "Bene, ragazzi. Io vado a casa, c'è Georgie che mi aspetta. Non voglio tornare troppo tardi dato che non ho vinto niente," disse con una risata.

Il gesto di Rex fece muovere un po' tutti, ma purtroppo non Janice. Per quanto avessi fatto di tutto per ignorarla, non sembrava intenzionata a staccarsi da me.

"Cos'hai in programma per domani, bello?" chiese Cade, nonostante ne avessimo già parlato.

Probabilmente voleva evitare che mi ritrovassi intrappolato tra Janice e Maisie. Sicuramente anche Amelia si era resa conto della situazione scomoda. Iniziò a parlarle della residenza dei genitori, riuscendo finalmente ad allontanarla da me.

Maisie era silenziosa, come al solito. Approfittai del momento di pace per guardarla. Maledizione. Era bellissima. I riccioli castani le ricadevano liberi sulle spalle. Il suo sguardo cauto e diffidente era come una pugnalata al cuore. Rimasi ad ammirarla, accendendomi di desiderio. Indossava una maglietta scollata. Quanto avrei voluto passare la lingua tra i suoi seni. Solo il pensiero mi fece venire l'acquolina in bocca. Mi costrinsi a sollevare lo sguardo, che si posò sulle sue labbra. Porca troia. Riusciva sempre a farmi perdere la ragione. Ogni volta che la guardavo desideravo ardentemente di possederla.

In quel momento avrei voluto attirarla a me e baciarla fino allo sfinimento. Per un secondo pensai quasi di farlo davvero. Dovetti distogliere lo sguardo. Suo padre disse qualcosa e poi decise di fare lo spiritoso, facendomi incavolare.

"Il tuo ragazzo ci sa proprio fare nel poker. Se non si fosse fatto distrarre da tutte le ragazze presenti, magari non sarei riuscito a batterlo così facilmente," disse con una risata.

Maisie guardò prima lui e poi me. Dopo un po' ridacchiò, un suono forzato e falso, poi riportò lo sguardo su suo padre.

"Beh, com'è andata?" chiese.

"Niente male. Non ho raggiunto la cifra che mi serviva, ma con qualche altra serata ce la faccio," rispose.

La sicurezza nel suo tono mi fece infuriare, ma non potevo darlo a vedere. Maisie incrociò le braccia sul petto, un'espressione dura sul volto. Sembrava lontana anni luce. Non riuscivo a decifrarla, ma sembrava avesse alzato un muro tra di noi. Un senso di panico iniziò a crescere dentro di me, ma eravamo in un luogo pubblico, quindi avevo le mani legate.

Capitolo Ventisette

MAISIE

Tenni lo sguardo lontano da Beck. Il commento di mio padre mi aveva ritorto le budella, ricordandomi tutto ciò che avevo cercato di ignorare sul suo conto. Ovviamente aveva passato la serata a flirtare e distrarsi con altre donne.

Iniziai a giocherellare nervosamente col braccialetto e l'orlo della maglietta, sentendomi incredibilmente a disagio con me stessa. Mi bastava la presenza di mio padre. Certo, gli volevo tanto bene, ma le sue pagliacciate ripetitive erano sfibranti. E ci si era messo anche Beck. Il nostro rapporto non-rapporto mi stava facendo impazzire. Quando eravamo soli riuscivo a dimenticare tutto il resto. Ma piano piano, come una palla di neve, i sentimenti non avevano fatto altro che crescere e non sapevo più cosa fare. Era quasi imbarazzante essere lì con lui. Quello era il suo territorio, non il mio. Il commento di mio padre mi aveva riportata violentemente alla realtà. In quel momento mi resi conto che non avevo fatto altro che illudermi. Non poteva andare avanti così.

Appena entrata nella sala avevo capito che Janice

stava flirtando con lui. Probabilmente era una delle tante donne con cui aveva una storia. Per quanto avessi provato a dimenticarlo, conoscevo benissimo la sua reputazione di donnaiolo.

Mi sentivo completamente a disagio, mentre Janice chiacchierava allegramente con tutti, col corpo rivolto verso Beck. Mi arricciai una ciocca di capelli intorno al dito. Stavo passando da un tic nervoso all'altro. Mi si rivoltò lo stomaco e mi venne la nausea. Per quanto avessi provato a convincermi che tra me e Beck ci fosse qualcosa, non ero certo stupida. Sapevo benissimo di essere allo stesso livello delle sue solite conquiste.

Forse c'era chimica, forse c'era qualcosa di più. Finché non avessi capito cosa voleva realmente da me non avrebbe avuto importanza. Ma soprattutto, dovevo capire cosa volevo io. Avevamo raggiunto un bivio e non sapevo che strada prendere. La risposta più semplice, la mia preferita, era di lasciare le cose così come stavano. Nessuno mi aveva mai fatta sentire così bene, così appagata. Ma sapevo anche che quella era una strada pericolosa. Il mio cuore era troppo fragile e non potevo permettermi che qualcun altro lo spezzasse. Prendendo in mano le redini della situazione forse sarei riuscita ad attutire il colpo. Purtroppo ero abituata a fare tutto da sola per proteggermi.

Dopo un po', quando al tavolo con noi rimasero soltanto Cade e Amelia, Janice venne allontanata da Beck. Mi sentii incredibilmente sollevata.

Non fa alcuna differenza. Cosa vuoi fare, appiccicarti tu a lui?

La frecciatina di quella vocina nella mia testa fece male.

Il mio rapporto con Beck era sempre rimasto nell'ombra, segreto. Le circostanze lo stavano quasi portando alla luce. Stavo cercando di chiacchierare normalmente, ripetendo un tic dopo l'altro, cercando di non perdere il controllo di me stessa.

Tra una battuta e l'altra, mio padre stava quasi facendo intendere di volersi fermare a Willow Brook. Una profonda ansia mi assalì. Purtroppo, una grande parte di me preferiva avercelo lontano. Ormai sapevo che non sarebbe più cambiato. Aveva sempre vissuto alla giornata. No, non era un mostro. Non mi aveva mai messo le mani addosso, non era violento. Ma non mi aveva mai dato ciò di cui avevo bisogno, non aveva fatto altro che trascinarmi da una parte all'altra nel caos che era la sua vita. Non volevo dover rivivere tutto da capo. In una cittadina così piccola sarebbe stato impossibile evitarlo. In California mi ero trasferita a cinquanta chilometri da lui per stargli lontano. Nella sua città era sempre troppo occupato per pensare a me. Invece a Willow Brook sarebbe stato troppo vicino per la mia salute mentale.

Purtroppo, altre donne si avvicinarono a flirtare con Beck, sottolineando sempre più dolorosamente la sua natura. Il soprannome Vigile del Piacere era appropriato e lo sapevo benissimo. Avevo provato in tutti i modi a non pensarci, ma nel mio cuore speravo davvero che il nostro rapporto fosse speciale. Con me era diverso, mi faceva sentire unica. Era arrivato il momento di mettere le cose in chiaro.

Vedere il modo in cui Amelia cercava di interferire mi strappò un sorriso. Era riuscita a scacciare quelle donne una per una. A un certo punto diede a Cade una gomitata sul fianco. "Dai, andiamocene da questo posto," disse, guardando me e Beck. "Possiamo andare a casa nostra, se vi va."

Beck rispose subito. "Devo accompagnare Hank al B&B."

"Ehi, se volete continuare a giocare io sono ancora bello carico," dichiarò mio padre.

Assolutamente no. Voglio soltanto che questa serata finisca.

Mi si fermò il cuore quando Beck mi passò un braccio sulle spalle. "No, grazie. Per oggi basta. La porto al B&B," disse con un cenno rivolto a mio padre.

Poi mi guardò. Il suo tocco mi aveva fatto battere forte il cuore. Il mio corpo fremeva di desiderio ogni volta che ero accanto a lui. Cercai di concentrarmi, perché odiavo il modo in cui riusciva a farmi perdere il controllo.

"Mi accompagna a casa Amelia," annunciai di colpo, girandomi verso di lei.

Sembrò sorpresa dalle mie parole, ma cercò di nasconderlo. "Esatto! Tu sei il tassista di Hank e io la tassista di Maisie."

Scivolai via dalla presa di Beck e salutai prima di uscire a passo svelto dal bar. In macchina Amelia fu così gentile da non dire niente per i primi minuti. Si fermò a uno dei pochi semafori del paese. Davanti a noi c'era una fila di camper, quindi ci avremmo messo un sacco di tempo ad arrivare a casa mia. Durante l'estate, le strade dell'Alaska erano sempre intasate da camper di turisti.

Amelia si girò a guardarmi, il suo sguardo intenso mi mise a disagio.

"Per la cronaca, aiuto sempre con piacere i miei amici. Ma mi dici che accidenti è successo?" chiese.

Prima che potessi risponderle, continuò. "Beck si sta occupando di tuo padre e non sembri avere problemi a riguardo. Ma non vedevi l'ora di fuggire da lui. Dal modo in cui lo stavi guardando prima pensavo avessi finalmente deciso di farti avanti. Cos'è successo?"

Mantenni lo sguardo fisso davanti a me. Se non fossimo state bloccate dietro un camper Amelia avrebbe prestato attenzione alla strada e non a me. Invece, quando scattò il verde riuscimmo a fare solo pochi metri prima di doverci fermare di nuovo.

Avevo lo stomaco sottosopra e provai una fitta di dolore al cuore.

"Beh?"

Allora, io e Amelia eravamo diventate amiche da molto poco, però avevo ragione sul suo conto. Un tempo la sua forza e la sua presenza mi mettevano in soggezione. Ma in realtà era una donna socievole, generosa e sempre pronta ad aiutare il prossimo. Inoltre, se voleva sapere qualcosa non si arrendeva mai.

"E va bene. Sì, io e Beck ci frequentiamo. Mi piace. Da matti. Ma il problema è che non sono come le donne che frequenta lui. Non vorrei che finisse male. Ormai mi sono abituata troppo a stare da sola," spiegai, sorpresa dal tono fermo della mia voce.

Scattò di nuovo il verde e Amelia guardò la strada. Prima che tornasse il rosso due camper riuscirono a superare l'incrocio. Quando si fermò, Amelia si voltò di nuovo verso di me.

"Quindi hai paura," disse.

Era un'affermazione, non una domanda.

Stavo iniziando a infastidirmi. Dovevo tirare fuori la stronza che c'era in me per riprendere in mano la situazione, altrimenti rischiavo di perdermi.

"Non ho paura," protestai, guardando fuori dal finestrino.

Erano quasi le ventidue e il lento e lungo crepuscolo era quasi al termine. All'orizzonte svettava il Denali. Riflessi rossi e arancioni tingevano il cielo. Il cuore mi martellava con forza nel petto e mi faceva male lo stomaco. I sentimenti per Beck mi stavano travolgendo come un'onda anomala. Le circostanze erano completamente diverse, ma mi sentivo persa come quando ero bambina. Ero riuscita a trovare un equilibrio, un senso di pace e stabilità in quella mia vita così turbolenta mettendo radici — da sola — a Willow Brook, lontana dal caos che si portava dietro mio padre.

Volevo tenermi alla larga da qualsiasi forma di caos.

Con Beck è diverso. Con lui è tutto così bello. Così maledettamente bello.

Il sesso è bello. Il resto è un disastro.

Amelia sospirò profondamente. Scattò di nuovo il verde e riuscimmo a superare l'incrocio, quindi prese la superstrada.

"Io ti consiglio di parlare con Beck," disse mentre passavamo un campo in cui notai i profili di due alci.

"Parlare?" risposi, senza trovare niente di meglio da dire.

"Sì, parlare. Senti, ti capisco. So che sei preoccupata perché sai com'è fatto Beck. Non ha mai frequentato nessuno seriamente, le sue storielle durano al massimo una o due settimane. Lo conosco da quando eravamo bambini. Ti assicuro che non l'ho *mai* visto guardare nessun'altra donna nel modo in cui guarda te. Non rinunciare prima ancora di averci parlato come si deve. Fidati, rifiutarmi di parlare con Cade anni fa è stato il più grosso errore della mia vita."

"Cioè?"

Svoltò nella strada di casa mia, con gli occhi puntati davanti a sé.

"Beh, se non hai sentito i pettegolezzi che giravano quando Cade è tornato in città, anni fa ci siamo lasciati malamente per un malinteso. Se non fossi stata così testarda e gli avessi parlato sin da subito avrei evitato di stargli lontana per sette lunghi anni. Stavo addirittura per sposare un altro!" spiegò.

"Sì, beh, io e Beck non abbiamo quello che avete tu e Cade," replicai tempestivamente, forse un po' troppo.

Entrò nel vialetto e si fermò sul piazzale davanti a casa. Si girò a guardarmi, inarcando un sopracciglio.

"Certo che hai sempre la risposta pronta. Beh, fai come vuoi. Però sappi che Beck merita una possibilità. Ho visto il modo in cui ti guarda, quindi non posso starmene zitta."

Provai a mandare giù il groppo che mi si era formato in gola, ma invano. Alla fine annuii. "D'accordo. Ci penserò." Feci una pausa, con gli occhi fissi fuori dal finestrino che seguivano l'ombra di un uccellino che volò davanti ai fanali della macchina.

"Grazie per il passaggio," conclusi.

"Figurati. Se hai bisogno, chiamami pure."

Quel semplice commento mi pesò sullo stomaco. Per me era sempre stato difficile chiedere aiuto agli altri. Uscii dall'auto e la salutai. Mi avviai verso il portico accanto alla cucina e mi girai verso la macchina che si allontanava, scomparendo nella semi-oscurità.

Entrai nella quiete di casa mia. Per un istante mi sentii sollevata. Finalmente ero sola. Pensai di farmi un bagno caldo per rilassarmi. Ma un secondo dopo un forte senso di solitudine mi travolse. Come c'era riuscito Beck ad abbattere in così poco tempo le mie difese? Nonostante avesse passato poche notti da me mi mancava comunque da impazzire.

Scossi la testa per scacciare quei pensieri e raddrizzai la schiena. Prima o poi mi sarebbe passata. Per forza. Salii a passo pesante al piano di sopra, infastidita dalla mia fragilità.

Capitolo Ventotto

BECK

Salii di corsa le scale del porticato e bussai alla porta della cucina di Maisie. Dopo aver lasciato Hank al B&B mi ero fiondato da lei. Non le avrei mai permesso di tagliarmi fuori in quel modo. Visto che non rispose, feci per bussare di nuovo proprio quando aprì la porta. Mi guardò con occhi pieni di rabbia.

"Maisie, che accidenti sta succedendo?"

"Niente," rispose piattamente.

Iniziai freneticamente a ripensare alla giornata per capire cosa poteva essere cambiato tra di noi. Purtroppo non avevo la minima esperienza in quel campo. Tutte le mie storie erano state troppo brevi e prive di sentimenti, quindi non mi ero mai ritrovato in una situazione del genere.

"Stamattina andava tutto bene. So che la presenza di tuo padre ti ha turbata, ma mi sembri incazzata con me."

Si strinse nelle spalle, l'aria impassibile.

"Anche adesso va tutto bene. Diciamo che finalmente sono ritornata in me. Grazie per avermi aiutata con mio padre, ma d'ora in avanti ci penso io."

Il mio cuore prese a martellare dolorosamente nel petto e mi venne la nausea. Per poco non mi assalì un attacco di panico. Non riuscivo minimamente a capire perché stesse cercando di allontanarmi in quel modo.

"Se va tutto bene allora posso entrare, no?" replicai, senza riuscire a dissimulare il sarcasmo nel mio tono.

Stava iniziando a farmi infuriare. Sicuramente la rabbia avrebbe soltanto peggiorato le cose, ma in quel momento sovrastava qualsiasi altra emozione.

Mi fulminò con lo sguardo. "No, non puoi entrare. Senti, questa serata mi ha aperto gli occhi. Devo prendermi cura di me stessa e non posso continuare a starti dietro. Sai benissimo che non sono come le donne che ti piace tanto frequentare. Ti consiglio di tornare alle tue distrazioni."

Arricciò la bocca in una smorfia alla parola 'distrazioni'. Sicuramente si riferiva all'incurante commento che aveva fatto suo padre al bar. Col cazzo che mi ero distratto guardando altre donne. Ero certo che suo padre volesse allontanarmi da lei perché sapeva benissimo che l'avrei convinta a non aiutarlo.

La guardai dritta negli occhi. "Ma che vuol dire, Maisie? Non credo di meritarmelo."

Sollevò le mani tra di noi. "Basta, Beck. Smettila. Non so cosa ci sia tra di noi, ma so che non è nulla di serio e che non lo sarà mai. E lo sai benissimo pure tu. Sono soltanto il tuo... gusto del mese. Non posso."

Quando si fermò notai che aveva gli occhi lucidi. Feci per toccarla, ma scacciò via le mie mani, scuotendo vigorosamente la testa.

"Non posso farlo, Beck. Non ci riesco."

Detto ciò, mi chiuse la porta in faccia. Bussai di nuovo.

"Maisie, parlami. Non fare così," le urlai dietro.

Il silenzio fu spezzato soltanto dal gracchiare di un corvo tra gli alberi. Continuai a bussare per qualche minuto e alla fine mi arresi. Una parte di me avrebbe voluto buttare giù la porta, ma non potevo permettermi di perdere il controllo. Vivevo ormai nella costante incertezza, ma ero sicuro che non le avrebbe fatto piacere se mi fossi introdotto in casa sua con la forza.

Me ne andai con il cuore colmo di dolore e la mente in subbuglio, senza sapere come farla tornare da me.

———

Dopo essermi sbattuto la portiera alle spalle entrai al Firehouse. Erano passati due giorni da quando Maisie mi aveva mandato a fare in culo. Avrei potuto insistere, ma dentro di me sapevo che dovevo lasciarle spazio. Ero un uomo d'azione, ma in quei giorni sentivo per la prima volta in vita mia di non avere il controllo della situazione. La mia vita da vigile del fuoco era piena di imprevisti. Quando un piano veniva sbaragliato dai fenomeni atmosferici non potevo fare altro che passare al successivo.

E io che pensavo che combattere incendi devastanti fosse difficile. Fino a quel momento non avevo mai sofferto per una donna, nessuna era mai riuscita a tenere in ostaggio le mie emozioni. Ero terribilmente combattuto perché avrei fatto qualunque cosa per ottenere i risultati che volevo. Avrei voluto fiondarmi a casa di Maisie e costringerla a farmi entrare.

E poi cosa? Continuate a bruciare le lenzuola come sempre? Tutto qui?

Odiavo quella vocina scettica. Non pensavo

sarebbe andata a finire così. Eppure, ormai avevo accettato i miei sentimenti. Era proprio quello il motivo che per cui ero riuscito a starle lontano e darle spazio. Non potevo farle troppe pressioni, non ancora. Ma non potevo neanche permettere che la situazione si protraesse troppo. Sentivo che Maisie era la donna per me. Non riuscivo neanche a immaginare di tornare alla mia vita da scapolo a cui piace divertirsi con tutte. Ormai pensavo soltanto a Maisie e mi mancava come l'aria. Ma avevo deciso di restare in panchina, almeno fino alla partenza di suo padre.

Ridendo da solo, entrai nel locale pervaso dal ricco aroma di caffè misto ai cibi più variegati. Il contrasto di temperatura con l'esterno era decisamente piacevole. Avevo passato gli ultimi due giorni a scervellarmi per trovare un modo di avvicinarmi a Maisie. Non era da me dare importanza all'opinione degli altri. Ma più che altro, erano i suoi sentimenti a interessarmi davvero. Era un'esperienza completamente nuova.

Il lavoro mi aveva tenuto piuttosto impegnato. Avevamo interrotto le esercitazioni per un'emergenza fuori città. Alcuni escursionisti idioti avevano acceso illegalmente un fuoco in una riserva e le fiamme si erano propagate nella zona. A rotazione, tutte le nostre squadre si erano impegnate per domare l'incendio, quindi non ero nemmeno riuscito a vederla in caserma. Per pura coincidenza, il nostro turno combaciava con il suo orario di lavoro.

A tarda sera ero esausto, sporco, coperto di fuliggine e puzzavo di fumo. Volevo parlare con Janet e bermi una tazza del mio caffè preferito. Il locale era pieno come sempre e i turisti non facevano che peggiorare la situazione. La pioggia li aveva costretti a ripararsi nei negozi e nei ristoranti.

Mi misi in fila e sentii il mio nome dopo appena un

secondo. Sollevai lo sguardo e vidi Janet sulla porta della cucina.

"Hai un minuto?" domandò.

"Certamente," risposi.

Mi fece cenno di seguirla, quindi superai la fila e andai dietro il bancone. La porta si chiuse alle nostre spalle, ovattando i rumori del locale. Janet indossava un grembiule ricoperto di farina e si rimise subito a impastare qualcosa.

Mi poggiai a un bancone davanti al tavolo d'acciaio dietro cui stava lavorando.

"Il padre di Maisie è ancora qui?" le chiesi, tagliando corto.

Janet alzò gli occhi al cielo e annuì. "Sì, avevo giusto intenzione di chiamarti, ma per fortuna sei passato." Prese un mattarello di legno e iniziò a creare dei piccoli cerchi di impasto. "Hank pensa di poter restare qui quanto vuole. Fidati, li conosco i tipi come lui. Gli dai un dito e quello si prende entrambe le braccia. Gli ho detto che la camera è stata prenotata per domani."

"Ed è vero?" chiesi, disgustato dall'arroganza di Hank e dalla sua aura di negatività.

Janet sollevò lo sguardo con un sorrisetto. "Sì, è vero. L'ha prenotata qualche settimana fa una famiglia dopo aver avuto qualche problema con un'altra struttura. Quindi deve andarsene. Sei riuscito a comprargli il biglietto aereo?" mi domandò.

Scossi la testa e mi si strinse il cuore. Pensare a Maisie faceva troppo male. "No, Maisie non era convinta, quindi non l'ho ancora fatto. Perché volevi telefonarmi?" indagai.

"Beh, prima di tutto, che accidenti è successo tra te e Maisie?"

Mi strinsi nelle spalle, col cuore sempre più a

pezzi. Ripensai al suo sguardo gelido e distaccato di qualche sera prima.

"Non lo so," risposi, visto che non c'era molto altro da dire. "Non vuole parlarmi."

"Maledizione," mormorò sottovoce Janet, appoggiando il mattarello sul tavolo e iniziando a riempire i cerchietti di pasta sfoglia. Mi guardò senza fermarsi. "Non è abituata ad avere qualcuno al suo fianco. La visita di suo padre l'ha stabilizzata. Anche se pensa di aver bisogno di spazio, secondo me non è vero."

"Quindi volevi parlarmi di Maisie?" chiesi.

Janet scosse la testa. "In realtà, no. Ho parlato con il mio avvocato, Robert Marsh. Si era occupato lui del testamento di Carol, per intenderci. Ha chiamato me perché gli aveva dato il mio nome in caso di emergenze e problemi."

Mi si strinse lo stomaco per l'ansia. Probabilmente Hank voleva sapere cosa aveva ereditato Maisie dalla nonna.

"Cosa ti ha detto?" domandai.

"A quanto pare, l'ha chiamato Hank. Non ho idea di come abbia trovato il suo numero. Gli ha fatto una marea di domande. Probabilmente gli è giunta voce che Maisie ha ereditato i terreni e il fondo fiduciario. Secondo me vuole una parte dei soldi," disse cupamente."

Tirai un calcio alla parete dietro di me. "Che stronzo. È proprio per questo che volevo togliermelo subito dalle palle. Non è che voglio allontanarlo da Maisie. So che gli vuole bene, ma non fa altro che spezzarle il cuore."

Janet annuì. "Lo so. È proprio quello che mi preoccupa."

"Non penso spetti a me parlarne con Maisie," dissi.

Janet mi fissò a lungo. "Dici?" replicò.

Una risata amara mi gorgogliò nel petto.

"Senti, pensavo che tra di noi stesse andando tutto bene. So che non sono un esperto in questo genere di cose..."

Un sorrisino le incurvò le labbra. "No, direi proprio di no."

"Dai, risparmiati la ramanzina per un'altra volta," dissi con una risata. "Adesso dobbiamo stroncare sul nascere i piani di Hank."

La sua espressione si incupì, gli occhi colmi di rabbia. Anche io ero furioso. Quello stronzo aveva fatto i salti mortali per rintracciare l'avvocato che si era occupato del testamento di Carol. Sapevo che prima di morire aveva molti terreni a suo nome. Suo marito aveva acquistato diversi appezzamenti di terra sia a Willow Brook che nei dintorni. Il territorio dell'Alaska sarà anche stato selvaggio, ma la terra in quella zona valeva molti soldi. Alla sua morte, Carol aveva lasciato tutto a Maisie.

Ci ragionai un momento, roteando la testa per rilassare i muscoli del collo. "Cazzo, non ci credo che Hank si è spinto a tanto. Secondo te quanto sa?"

"Beh, Robert non gli ha detto un fico secco. Non ha nemmeno confermato di conoscere Carol. Ma non possiamo sapere cosa gli ha detto la madre di Maisie prima di morire. Probabilmente non aveva idea che gli investimenti dei suoi genitori sarebbero stati così redditizi, però di sicuro sapeva quanti terreni possedevano. È ovvio che abbia telefonato a Robert raccogliere più informazioni possibili."

Diedi un'altra tallonata al muro, passandomi una mano tra i capelli con un sospiro. Non avevo idea di come sarebbe andata a finire se mi fossi immischiato di nuovo in quella faccenda. Non riuscivo a non pensare alla faccia che aveva quando mi ero presentato alla sua porta. Tristezza, frustrazione e senso di colpa le deformavano i suoi bei lineamenti. Sapevo che aveva dovuto badare a se stessa sin da bambina. Volevo essere il suo scudo, ma dovevo permetterle comunque di difendersi da sola. Quel verme di suo padre era disposto a tutto pur di spillarle soldi. La gente come lui si faceva strada nella vita grazie ai colpi di fortuna e implorando l'aiuto degli altri. Era comunque sua figlia, quindi non dubitavo le volesse bene. Ma era uno scansafatiche disposto a tutto per mettersi in tasca qualche spicciolo. Mi voltai verso Janet.

"Tu parli con Maisie e io parlo con Hank. Secondo te lei lo sa che si sta immischiando negli affari suoi?" chiesi.

Janet si strinse nelle spalle. "Ne dubito. In fondo lo conosce. Ma forse una cosa del genere non se la aspetterebbe. Non sa neanche quanti soldi ci sono nel fondo fiduciario che le spetta. Per fortuna Carol l'ha reso praticamente inaccessibile, altrimenti Hank ci si sarebbe tuffato. Robert mi ha detto che gli ha fatto un sacco di domande. Per fortuna ha avuto il buonsenso di non dirgli assolutamente niente."

Feci un respiro profondo e mi spinsi via dal bancone. "Ok, bevo un caffè e me ne vado. Per caso sai dov'è Hank?" domandai.

"Ancora non è passato, quindi probabilmente è ancora in camera. Sai dove trovarlo. Io finisco qui e poi vado da Maisie."

"Grazie per la dritta. Ti faccio sapere come va con Hank. Dici che proprio non posso comprargli il biglietto e portarlo ad Anchorage senza dirlo a Maisie, vero?" chiesi.

Janet alzò gli occhi al cielo. "Non lo farei, fossi in te. Con lei ci parlo io. Non preoccuparti, le dirò che sono stata io a mandarti da suo padre. Se non avessi accettato ci sarei andata direttamente io."

Una risata sconsolata mi sfuggì dalle labbra e mi si strinse il cuore. Aprii la porta e tornai nel locale. Mi sentivo in dovere di proteggere Maisie. Volevo aiutarla a risolvere la situazione, anche a costo di mettere a rischio il nostro rapporto.

Capitolo Ventinove

MAISIE

Premetti il bottone per rispondere alla telefonata. "911, come posso aiutarla?" chiesi.

"Ciao Maisie, sono di nuovo io, Carrie Dodge."

Dal tono di voce non sembrava in pericolo, quindi lo presi come un buon segno.

"Salve, Carrie. Cosa posso fare per lei?" domandai.

"Herman è salito di nuovo su un albero," annunciò.

"Di nuovo?"

Trattenni una risata. Amava quel gatto, ma si divertiva proprio tanto a cacciarsi nei guai.

"Già, però è un albero diverso. Potresti far venire qui i ragazzi? Spero ci sia la squadra di Beck. È il mio preferito," disse con una risatina furba.

Mi si strinse il cuore. Beck era anche il mio preferito. Per fin troppi versi. Erano passati due giorni dall'ultima volta che ci avevo parlato. Dato che era impegnato con un incendio fuori città non l'avevo neppure visto. Ma la cosa non mi dispiaceva troppo. Ero sicura che non ce l'avrei fatta a parlargli, il mio cuore non avrebbe retto. Era troppo presto. Stargli lontana mi stava causando dolore fisico, ma era l'unica opzione che mi era rimasta. In fondo, non sapevo neanche cosa volesse da me. Data la sua reputazione, sapevo di non essere altro che una delle sue tante distrazioni e che si sarebbe stancato presto di me.

Mi sentivo quasi soffocare dall'emozione. Ogni volta che provavo a convincermi di aver fatto la cosa giusta ripensavo a quanto era bello perdermi in lui. Non solo in termini di sesso o desiderio, ma di intimità a un livello superiore. Ma poi ricordavo a me stessa che era soltanto la mia immaginazione. Probabilmente era tutto nella mia testa. Focalizzai la mia attenzione sulla telefonata e feci una risatina al suo ultimo commento su Beck.

Dopo aver avvisato la squadra, le confermai che sarebbero arrivati a breve e la salutai. Appena conclusa la chiamata, la mia mente ricominciò a frullare. Beck irrompeva nei miei pensieri ogni volta che avevo un secondo libero. Mi girai verso l'armadietto. Circa sei mesi prima, il capitano Masters mi aveva chiesto di organizzare i documenti degli ultimi dieci anni e di trasferire i dati nel nuovo sistema elettronico. Era decisamente un progetto impegnativo, che occupava gran parte del mio tempo. Ripresi da dove mi ero fermata, tirando fuori i fascicoli per inserirli nel computer.

Ero nel bel mezzo della lettera C. Ci avevo messo tre mesi interi per arrivare dalla A alla C. Sentii la campanella alla porta d'ingresso e mi girai, sollevata di vedere Janet. Speravo sempre di vedere Beck, anche se non avrebbe avuto alcun motivo di entrare da quella porta.

"Ciao, Janet. Come va?" chiesi, tornando alla mia postazione.

Si avvicinò al bancone e ci appoggiò un gomito. "Tutto bene. Sono venuta a parlarti," rispose.

Mi si strinse lo stomaco. Un senso di angoscia mi soffocava ogni volta che mio padre mi ronzava intorno. E all'angoscia si aggiungevano anche quei sentimenti contrastanti che provavo per Beck. Mi mancava da impazzire. Avevo deciso di comprare il biglietto per mio padre da sola, ma ancora non avevo trovato il coraggio di dirgli di andarsene. Sembrava un po' troppo a suo agio, come se non avesse intenzione di andarsene. Non l'avrei mai sopportato. Era una sanguisuga, e lo volevo il più lontano possibile.

Negli occhi di Janet c'era un pizzico di tristezza misto a determinazione. Rimase in silenzio per un secondo, poi continuò. "Vado dritta al punto. Tuo padre sta ficcando il naso negli affari tuoi. Ha chiamato Robert Marsh, l'avvocato che si è occupato del testamento di tua nonna, e gli ha fatto fin troppe domande. Ovviamente Robert si è tappato il becco, ma mi ha detto che probabilmente tuo padre ha controllato i vecchi atti di proprietà, dato che sapeva cos'hai ereditato."

Mi venne il voltastomaco e mi si riempirono gli occhi di lacrime. Perché, perché mio padre era fatto così? Faceva parte della sua natura, era bravissimo a raggirare gli altri per ottenere ciò che voleva. A quanto pare, non risparmiava nemmeno sua figlia.

Visto che non dissi niente, Janet continuò, "Ho mandato Beck a dirgli di lasciarti in pace. Se vuoi prendertela con qualcuno, prenditela con me. So che vuoi bene a tuo padre, ma è pronto a giocare con i tuoi sentimenti per farti cedere. Non gli permetterò di costringerti a vendere le tue proprietà per tornaconto personale. Santo cielo, spero proprio che non venga a sapere del tuo fondo fiduciario. Sarebbe disposto a restare qui fino al tuo venticinquesimo compleanno. Beck gli terrà testa al posto tuo."

La fissai per un minuto e mi resi conto di essere rimasta a bocca aperta. Nonostante l'avessi trattato di merda, Beck non aveva esitato un secondo ad aiutarmi. Presa dall'emozione, mi nascosi il viso tra le mani e scoppiai a piangere. Janet corse dietro il bancone e avvicinò una sedia per sedersi al mio fianco.

Mi accarezzò dolcemente la schiena, con una risatina. Non sapevo cosa dire, cosa fare. Dopo qualche minuto, raddrizzai la schiena e mi asciugai il viso con la manica. Janet si guardò intorno, senza smettere di accarezzarmi.

"Maledizione, dove sono i fazzoletti?" mormorò sottovoce.

Indicai sopra l'armadietto.

Si alzò e tornò con la scatola. Ne presi uno per soffiarmi il naso e provai a fare qualche respiro profondo prima di guardarla in faccia.

Mi sentivo una completa idiota. Non sapevo che fare. Quando sollevai la testa, incrociai i suoi occhi affettuosi.

"Dimmi cosa posso fare per te," affermò.

Feci un respiro profondo, seguito da un sospiro. "Non preoccuparti..."

"Non azzardarti a dire che non hai bisogno di aiuto!"

Mi fulminò con lo sguardo e sembrava sinceramente offesa.

"No, non è quello che volevo dire. Stavo dicendo che non devi preoccuparti per Beck, non sono arrabbiata con lui. Davvero. Non ho problemi se a mio padre ci pensa lui."

Appena lo dissi, ogni muscolo del mio corpo si rilassò. Era come se in quel momento avessi finalmente deciso di smettere di contrastare i miei sentimenti. Non sapevo cosa mi avrebbe riservato il futuro, ma non potevo continuare a tenere il cuore in cassaforte. Beck era lì per me e non mi avrebbe abbandonata. Nessuno era mai stato disposto a spingersi a tanto per me. Non potevo continuare a sbattergli la porta in faccia, in senso metaforico.

"D'accordo," disse lentamente Janet.

Quando la guardai, notai subito la confusione sul suo volto.

"E quindi?" domandò.

"In che senso?"

Sospirò rumorosamente e alzò gli occhi al cielo. "Non fare la finta tonta. Parlo di te e Beck. Che hai intenzione di fare?"

Sentii le guance in fiamme e mi batté forte il cuore. Fui sopraffatta da un'incertezza angosciante.

"Vedremo. Prima devo salutare mio padre."

Capitolo Trenta

BECK

"Non puoi costringermi ad andarmene. Se Maisie vuole che me ne vada, me lo dirà lei," disse Hank, con un velo di belligeranza.

L'avevo incontrato per strada appena uscito dal bar, mentre usciva dal B&B di Janet lì accanto. Mi stavo aggrappando a tutto il mio autocontrollo per non prenderlo a pugni. All'improvviso, qualcuno mi chiamò.

Mi voltai e vidi Maisie che arrivava dalla caserma. Per un attimo mi domandai perché non aveva preso la macchina, ma la mia curiosità venne subito spazzata via dall'ondata di sollievo che mi travolse quando la vidi. Mamma mia, quanto ero felice di vederla. Mi dimenticai completamente di suo padre e le corsi incontro. Mi costrinsi a fermarmi davanti a lei e a resistere all'impulso di abbracciarla e riversare tutti i miei sentimenti sulle sue labbra con un bacio. Cadeva ancora una leggera pioggerellina, il cielo era cupo e l'aria fredda.

I ricci ribelli di Maisie le ricadevano bagnati sulle spalle. Le folte ciglia le sfioravano le guance arrossate quando sbatteva le palpebre. Si era dimenticata di indossare la giacca. Stava tremando di freddo e i capezzoli premevano turgidi contro la maglietta. Si avvolse le braccia attorno alla vita. Non disse una parola, mentre i suoi grandi occhi marroni mi studiavano il viso. Il cuore mi martellava nel petto, folle di desiderio. Quella donna mi aveva completamente stregato.

Aprii la bocca per dire qualcosa, qualsiasi cosa.

"Mi manchi." Non riuscii a dire nient'altro. La bocca e il cervello sembravano completamente scollegati e scoordinati ogni volta che c'era di mezzo Maisie.

Sbarrò gli occhi e, all'improvviso, si fiondò verso di me. La presi tra le braccia, rischiando quasi di cadere per l'impeto. La strinsi forte a me, affondando il viso nella curva del suo collo. Aveva un delizioso profumo di vaniglia mischiato alla pioggia. Le tracciai il collo di baci, sentendo con le labbra che le era venuta la pelle d'oca. Ce l'avevo duro come il marmo, pulsante di desiderio. Mi ero completamente dimenticato dove fossimo, finché non si dimenò tra le mie braccia, ridendo. Sollevai la testa e mi ritrovai a pochi centimetri dal suo viso.

Le guance erano diventate rosse come ciliegie, le brillavano gli occhi e un sorriso sbilenco adornava il suo viso. Si morse il labbro e per poco non esplosi nei pantaloni.

Quella donna aveva pieno controllo su di me, ma la cosa non mi dispiaceva affatto.

"Ehm, siamo..." si fermò, agitando la mano.

Mi guardai intorno e vidi alcuni turisti che ci lanciavano occhiate curiose. Suo padre era scomparso, ma in quel momento non poteva fregarmene di meno.

"Non avrei dovuto correrti incontro davanti a tutti, vero?" chiesi con un sorriso.

Si strinse le spalle e, con mio immenso piacere, il suo seno rimbalzò contro il mio petto. "Forse."

La misi a terra, ma non la lasciai andare. Le spostai una ciocca di capelli bagnati dal viso. "Quindi adesso possiamo parlare?"

Sospirò, ma il luccichio di gioia nei suoi occhi non si era ancora spento. "Vorrei parlarti, ma prima dobbiamo occuparci di mio padre."

Stavo quasi per assecondarla, ma non potevo ancora farlo. Dovevo dirle chiaramente ciò che provavo.

"Tuo padre può aspettare. Non andrà da nessuna parte."

Si fece una risatina, ma colsi comunque la tristezza dietro i suoi occhi.

Eravamo già vicinissimi, ma sentii il bisogno di stringerla ancora più forte, come per dimostrarle che non l'avrei mai lasciata andare.

"Sono passati soltanto due giorni, ma mi sei mancata da impazzire. In tutto questo tempo ho riflettuto molto," iniziai. Col cuore a mille, ero determinato a continuare.

Quando Janet mi aveva detto che Maisie non era abituata ad avere qualcuno al suo fianco mi ero reso conto che dovevo farle capire chiaro e tondo che ero lì per lei. Sempre e comunque.

Non pensavo che mi sarei mai innamorato di lei — di sicuro non così follemente, rischiando quasi che mi spezzasse il cuore — ma sapevo benissimo quanto fosse importante avere qualcuno su cui fare affidamento. Avevo avuto la fortuna di avere due genitori che si amavano molto e che avevano affrontato insieme tutti gli alti e bassi della vita.

"Se ancora non l'hai capito, non me ne vado da nessuna parte. Anche se provi a tagliarmi fuori dalla tua vita o ti faccio arrabbiare, sappi che sarò sempre qui. Ad aspettarti." Feci un respiro profondo e sbarrò gli occhi. "Non riuscivo neanche a immaginare di voltare pagina e lasciarti andare. Perché ti amo, Maisie."

Trattenne il fiato e una lacrima le scivolò sul viso, mescolandosi alle goccioline di pioggia che continuano a caderci addosso. Le asciugai la lacrima con il pollice, sforzandomi di non fare niente per permetterle di metabolizzare le mie parole. Con il cuore a mille per l'ansia, aspettai pazientemente una risposta, sperando di non aver corso troppo.

Un'altra lacrima le scese sulla guancia e affondò il viso nel mio petto. Per un attimo pensai di aver rovinato tutto, ma poi mormorò qualcosa e mi guardò, come se si aspettasse una risposta. Ma purtroppo non avevo sentito niente.

"Non ti ho sentito, tesoro. Puoi ripetere?"

Si morse il labbro e sospirò. "Ho detto che ti amo anche io," bisbigliò.

Avevo paura che potesse esplodermi il cuore. Non mi ero mai sentito così. Una gioia immensa si impadronì di me, mista a desiderio puro.

Non doveva essere stato facile per lei. Ma in fondo non lo era stato neanche per me. Anche se non avevo mai provato un amore del genere sulla mia pelle, almeno io ero abituato ad avere sempre qualcuno su cui poter contare. Ma lei no, quindi sicuramente era tutto nuovo per lei. Però aveva deciso comunque di buttarsi. Lo trovai davvero molto dolce.

Chinai la testa, poggiando la fronte alla sua. "D'accordo," dissi con voce roca. "Adesso che ci siamo chiariti, ho una domanda."

"Ovvero?"

"Posso passare la notte con te?"

Annuì, sbattendo leggermente la fronte contro la mia.

Non aspettai un secondo di più e poggiai le labbra alle sue. Volevo darle un semplice bacio, ma quando sentii la sua lingua scivolare sulla mia persi il controllo. Riversai giorni di desiderio represso nella sua bocca. Neanche lei ci andò piano. Mi avvolse le braccia attorno al collo mentre mi baciava come se ne avesse bisogno per vivere. La sua reazione senza alcun freno non fece che incendiare il desiderio che mi ardeva dentro. Le nostre labbra non sembravano intenzionate a lasciarsi andare, unite in una danza passionale e seducente.

Mi fermai soltanto quando la sentii tremare. Aveva le labbra gonfie, le guance arrossate e la pelle umida per la pioggia. Sentivo tutte le sue curve contro il mio corpo e non volevo fare altro che portarla da qualche parte per perdermi dentro di lei. Ma purtroppo eravamo su un marciapiede, circondati da altre persone.

Feci un passo indietro. "Dobbiamo metterci al chiuso, sei troppo bagnata," le dissi mentre la prendevo per mano.

"Dobbiamo trovare mio padre. Non avrò pace finché non sistemiamo la situazione."

"Quindi hai parlato con Janet?" le chiesi, girandomi per tornare al Firehouse.

Annuì e la tristezza profonda nel suo sguardo mi ricordò che volevo prendere a pugni Hank.

"Sì. Avevo già intenzione di comprargli un biglietto aereo, ma visto che sta ficcando il naso ovunque voglio che se ne vada subito."

"Vuoi che ci pensi io?"

Si fermò appena prima di entrare nel bar. I suoi grandi occhi vulnerabili incrociarono i miei.

"Devo parlargli, ma puoi venire anche tu. E mi farebbe piacere se mi accompagnassi ad Anchorage per portarlo in aeroporto. Ho bisogno di supporto."

La strinsi a me e le stampai un bacio sulle labbra. "Sono a tua completa disposizione."

Capitolo Trentuno

MAISIE

Ero sul marciapiede fuori dall'aeroporto, mentre Beck aveva aperto il bagagliaio dell'auto per prendere la valigia di mio padre. Gliela passò e incrociò per un attimo i miei occhi. Riconobbi quello sguardo. Stava cercando di capire se avessi bisogno di lui. Mi si strinse il cuore. Dovevo salutarlo da sola. Scossi lievemente la testa, al che annuì e si voltò a dire qualcosa a mio padre, per poi dargli una pacca sulla spalla prima di salire in macchina.

Come se non fosse bastato quello scambio romantico con Beck sotto la pioggia, ero riuscita a trovare anche il coraggio di affrontare mio padre. Gli avevo detto che gli volevo bene, ma che non gli avrei permesso di riapparire nella mia vita soltanto quando aveva bisogno di soldi per usarmi come banca personale. Sicuramente ce l'avrei fatta anche da sola, ma era stato speciale avere Beck lì al mio fianco. Lui e Janet avevano continuato a sostenermi dietro le quinte e, per la prima volta in vita mia, sapevo di non essere sola.

Mio padre aveva provato a farmi fessa, insistendo di aver contattato l'avvocato soltanto per assicurarsi che avessi ricevuto tutta l'eredità di mia nonna. Per sfuggire alla discussione era andato a prendersi un caffè, quindi Beck ne aveva approfittato per comprargli un biglietto aereo per quello stesso giorno. Due magici click sul cellulare e aveva finito ancora prima che mio padre tornasse con il caffè.

Mio padre si mise in spalla il borsone e si mise davanti a me. I suoi occhi cercarono i miei. Sembrava indeciso su cosa dire, quindi lo anticipai.

"Papà, mi fa piacere vederti in forma," dissi. "Spero tu possa capirmi."

Non rispose subito e si strinse nelle spalle. "Penso di capire. Un po' fa male, però..."

Lo interruppi. "Papà, fa male a *me* vederti soltanto quando vuoi qualcosa."

Non replicò. Chissà cosa voleva dirmi. Dopo qualche secondo, annuì. Si chinò e mi baciò sulla testa, stringendomi in un breve abbraccio. "Il tuo ragazzo mi ha fatto promettere di avvisarti in anticipo la prossima volta che voglio venire a trovarti. Lo farò."

Detto ciò, si girò. Mi si strinse la gola. Lo seguii con lo sguardo mentre attraversava la porta girevole dell'aeroporto, finché non sparì tra la folla.

———

Appena entrati in cucina lasciai le chiavi sul bancone. Ero stanca morta, così stanca da non riuscire quasi a pensare. Mi tolsi le scarpe e accesi le luci, abbassando leggermente la luminosità. Mi girai a guardare Beck, che chiuse la porta e si tolse le scarpe a sua volta. Mi scoppiò il cuore e un'altra ondata di emozioni mi travolse. Quel pomeriggio mi ero sentita come una barca nel bel mezzo dell'oceano durante una tempesta, trascinata dalle correnti senza riuscire a manovrare il timone.

Eravamo appena tornati da Anchorage. Mentre eravamo ancora per strada aveva iniziato a diluviare. Ero bagnata fradicia.

Beck mi guardò e mi mancò il respiro. Era così bello che guardarlo faceva quasi male. I capelli corvini bagnati mettevano in risalto gli occhi verdi. Le labbra gli si incurvarono leggermente all'insù e il mio stomaco fece le capriole. Mi scappò quasi una risata. Ero a pezzi, fisicamente e mentalmente. Eppure, era bastato uno dei suoi sorrisetti fatali a risvegliare in me un desiderio ardente.

"Doccia," disse in tono autoritario.

Prima che potessi rispondere, mi prese in braccio e mi portò al piano di sopra.

"Ma sei serio? Guarda che riesco ancora a camminare, eh."

Sorrise di nuovo, guardandomi con gli occhi in fiamme. "Lo so benissimo. Ma così posso darti qualche palpatina," disse, toccandomi il sedere.

Il mio sesso pulsò di desiderio e tutta la tensione accumulata si dissolse. Qualche minuto dopo eravamo sotto il getto d'acqua calda della doccia. Mentre mi stavo risciacquando dal bagnoschiuma, sentii le sue mani scivolarmi lungo i fianchi, per fermarsi attorno al mio seno.

Mi sfuggì un gemito quando poggiò l'erezione prorompente al mio fondoschiena.

Con una mano iniziò a stuzzicarmi un capezzolo, mentre l'altra scendeva fino alla mia femminilità. Un desiderio travolgente si scatenò in me quando affondò le dita nel mio calore. Ero eccitata da morire e avevo bisogno di sentirlo dentro di me. Nel frattempo, le sue labbra stavano lasciando una scia di baci ardenti e umidi sulla pelle bagnata del mio collo. Fece scivolare la lingua lungo la spina dorsale e per poco non mi cedettero le gambe per il piacere. Ma le sue forti mani mi ressero in piedi, una stretta su un fianco e l'altra ben salda tra le cosce.

Mi appoggiai alla parete, i miei spiriti ardenti tenuti a bada dalle piastrelle fresche. Beck continuava a masturbarmi e non riuscivo più a ragionare, soltanto a godere. La pressione dentro di me si fece sempre più intensa. Sentii le sue labbra indugiare sulla morbida curva dei miei glutei. Mi dischiuse le cosce e iniziò a riempirle di baci. Era una zona così sensibile che non riuscii a trattenere un urletto deliziato. Passò la lingua sulla fessura, senza mai togliere le dita. Una delicata carezza sul clitoride mi portò quasi all'orgasmo. Si ritrasse, facendomi impazzire.

Un'altra carezza con la lingua, le sue dite sempre più in profondità dentro di me. Poi affondò il viso tra le cosce, posizionandosi una gamba sopra la spalla. Mi aveva messa completamente a nudo, sia dentro che fuori. Con lingua e dita esperte, mi stava facendo raggiungere sensazioni sempre più intense. Il mio sesso iniziò a pulsare violentemente, un'ultima passata di lingua e poi prese il clitoride tra le labbra. L'orgasmo mi travolse con una potenza così violenta che urlai il suo nome.

Percossa da lunghi fremiti di piacere, lo guardai mentre mi sollevava piano la gamba, tracciando una scia di baci sulla pelle mentre si tirava su. Si soffermò a giocare con i capezzoli — con le labbra, con le dita, con i denti. Mi resi conto che mi aveva girata verso di sé solo quando sentii le piastrelle fredde sulla schiena. Sospirai, senza riuscire nemmeno a reggermi in piedi. Beck mi prese in braccio e gli avvolsi le gambe attorno alla vita.

Il mio corpo sapeva esattamente cosa voleva. Beck. Dentro di me.

"Maisie."

La sua voce era roca ma chiara.

Aprii gli occhi e trovai i suoi colmi di desiderio. Non riuscivamo più a staccarci gli occhi di dosso. L'aria era carica di elettricità. Sentii il suo pene premere sulla mia fessura. Anche se mi aveva appena portata all'orgasmo, avevo ancora bisogno di lui, di sentirlo fondersi con il mio corpo.

"Ti prego, Beck..." mormorai inarcandomi contro di lui.

Senza dire niente, mi sollevò leggermente e affondò dentro di me. Con gli occhi intensi fissi nei miei, iniziò a muoversi. All'inizio lentamente, sempre più in profondità. Mi mancava così poco, ero quasi all'apice. Nonostante non mi fossi ancora ripresa dal primo orgasmo, sentivo la pressione aumentare spinta dopo spinta. Lo scroscio dell'acqua scandiva il ritmo di quell'intensa danza di puro piacere.

Abbassò una mano per massaggiarmi il clitoride turgido e raggiunsi di nuovo l'apice, lasciandomi andare come soltanto con Beck riuscivo a fare. Lanciai un urlo, gridando il suo nome. Lo sentii irrigidirsi e quando esplose dentro di me lo strinsi forte.

Poco dopo, eravamo sdraiati sul letto. Con gli occhi fissi sul lucernaio, osservavamo la pioggia. Mi girai su un lato, accoccolandomi accanto a lui, e iniziai a disegnargli dei cerchi sul cuore con il dito.

"Grazie per oggi," gli dissi, sottovoce.

Il desiderio sfrenato mi aveva fatto dimenticare la stanchezza, che mi stava ripiombando tutta quanta addosso. Lo sentii voltarsi e sollevai lo sguardo.

"Per cosa?"

"Per avermi aiutata con mio padre. Per... beh, per tutto quanto."

Rimase in silenzio, gli occhi penetranti fissi nei miei. La stanza era illuminata soltanto da una lucina accanto al letto. "Non c'è bisogno di ringraziarmi."

Mi avvolse un braccio dietro la schiena e mi strinse a sé.

"Ti amo," bisbigliò.

Mandai giù il groppo in gola, ma dato che non riuscii comunque a dire nulla gli posai un bacio sul collo. Mi addormentai così, nel suo calore, protetta e non più sola.

Beck

Un anno dopo

Attraversai il terreno umido, mentre alle mie spalle le fiamme continuavano a consumare gli alberi anneriti e carbonizzati. La mia squadra stava aiutando a domare un incendio nelle foreste dell'Alaska e il nostro turno era giunto al termine. Erano state due settimane estenuanti. Quella zona di abeti rossi era stata devastata da coleotteri che si erano lasciati dietro ettari di legna morta. Per proteggere i numerosi villaggi indigeni e impedire che l'incendio si estendesse ulteriormente ci eravamo impegnati per creare una fascia tagliafuoco invalicabile. A momenti sarebbe arrivata la squadra di hotshot da Fairbanks che ci avrebbe dato il cambio.

Maisie mi mancava da morire. Così come mi mancava Max, il nostro bambino. Amavo il mio lavoro, ma odiavo dover stare così tanto tempo lontano da loro. Non vedevo l'ora di tornare a casa. Ormai "casa" non era più soltanto un posto fisico per me, "casa" erano Maisie e Max.

Poco dopo mi ritrovai ad ammirare il panorama dal

finestrino dell'elicottero. Il Denali svettava all'orizzonte, uno dei gioiellini dell'Alaska centrale. La cima era nascosta dalle nuvole. Feci un respiro profondo e controllai l'orologio. Ormai io e Maisie avevamo capito che durante il lavoro non aveva senso provare a sentirci, visto che purtroppo in quelle zone non c'era praticamente mai campo.

Però dovevo scriverle una volta arrivato a mezz'ora da Willow Brook. Ero giusto in tempo. Tirai fuori il telefono e sorridendo aprii la sua chat.

Dimmi cosa indossi.

La vidi scrivere subito, quindi stava aspettando un mio messaggio. Che meraviglia.

Oddio. Sei allucinante. Sei via da due settimane e quella è la prima cosa che ti viene in mente?

Non persi neanche un secondo prima di risponderle.

Mi sembra anche ovvio. Appunto, sono stato via un sacco di tempo. Mi manchi.

Rispose con un'emoji imbarazzata.

Poi inviò una foto.

Porca troia.

Nella foto si reggeva un seno in mano, il capezzolo turgido stretto tra le dita. Mi venne subito duro.

Così mi uccidi.

Nonostante la lontananza, riuscii a sentire la sua risata divertita.

Peggio per te, sei tu che pensi solo al sesso. Fra quanto arrivi?

20 minuti.

Ok. Ci vediamo lì.

Infilai il telefono in tasca e il cuore iniziò a battermi all'impazzata, impaziente di rivederla. Anche se all'inizio nessuno dei due aveva la minima esperienza in fatto di relazioni, con il tempo avevamo fatto grandi progressi. Maisie faceva ancora fatica a farsi aiutare da me, o da chiunque, ma stava migliorando. Dopo aver passato ogni notte da lei per qualche mese, avevamo deciso di rendere la relazione ufficiale e mi ero trasferito da lei. Non molto tempo dopo, avevamo deciso di sposarci.

Atterrammo dietro la stazione ed ero impaziente di rivedere Maisie. Quando uscii dall'elicottero con lo zaino sulle spalle, mi girai e la vidi fuori dal garage, con Max tra le braccia. Il vento le agitava dolcemente i ricci selvaggi. Mi venne incontro, presi Max in braccio e li abbracciai entrambi. Maisie mi coprì il volto di baci. Ero felicissimo di poterla riabbracciare dopo così tanto tempo.

Mi ero reso conto di amarla quando avevo capito che non avrei potuto vivere senza di lei.

"Finalmente sono a casa," mormorai.

"Finalmente sei a casa," replicò dolcemente, con un luccichio negli occhi e un sorriso sulle labbra.

Ci staccammo dall'abbraccio e la presi per mano. "Andiamo. Lasciamo Max da Janet per qualche ora," disse con un sorrisetto furbo.

Risi al sottinteso. "Vuoi che prima mi faccia una doccia?" chiesi.

Quando stavamo via per settimane era praticamente impossibile farci una vera doccia. Magari riuscivamo a buttarci in qualche fiume o lago, o a bagnarci con un po' d'acqua disponibile alla base. Ma niente sapone, niente di niente. Sapevo di essere in condizioni pessime.

Maisie sfoderò un sorrisetto e scosse la testa, agitando i riccioli.

"No, andiamo."

Dopo aver lasciato Max da Janet, arrivammo a casa e Maisie mi trascinò sotto la doccia. Mi insaponò rapidamente tutto il corpo, ma con una risata le presi il sapone dalle mani e mi misi sotto il getto d'acqua.

"Cos'è tutta questa fretta?" le domandai.

Mi fece scivolare una mano lungo gli addominali e mi afferrò il pene. Ce l'avevo duro da quando mi aveva mandato quella foto sexy. Al suo tocco iniziò a pulsare di desiderio. Mi guardò con un sorriso. Senza neanche lasciarmi il tempo di pensare, figuriamoci di parlare, si inginocchiò e passò la lingua sull'asta. Un secondo dopo lo prese in bocca. Mi cedettero le ginocchia e appoggiai una mano alla parete per reggermi in piedi.

"Maisie," gracchiai.

Mormorò qualcosa senza togliersi il pene di bocca, le vibrazioni dalla gola mi inviarono una forte scarica di piacere. Un grugnito mi sfuggì dalle labbra e le infilai una mano tra i capelli, abbandonandomi completamente a lei. In quelle due settimane di lontananza il desiderio non aveva fatto altro che accumularsi. Sentendo che stavo già raggiungendo il limite le tirai leggermente i capelli, visto che non riuscivo nemmeno a parlare. Si spostò leggermente e mi guardò, permettendomi di riprendere un minimo di controllo. La aiutai ad alzarsi e la portai fuori dalla doccia, spegnendo l'acqua con l'altra mano. Eravamo bagnati fradici.

"Che stai facendo?" chiese con una risata.

"Sono troppo stanco per farlo in piedi, ma ho bisogno di prenderti adesso," dissi, la voce roca per il desiderio.

Ci buttammo sul letto. Maisie si mise sopra di me, allargando le gambe lungo i miei fianchi. Accarezzai ogni sua curva, soffermandomi sui capezzoli turgidi. Sentivo il suo sesso posato sul pene. Si sollevò, posizionò la punta contro la fessura e si abbassò con decisione. Avrei voluto prendere le cose con calma, stuzzicarla ancora e ancora per rendere il momento indimenticabile. Non che tutti i momenti passati insieme a lei non lo fossero. Ma comunque, non me lo permise.

Nel momento in cui scivolai dentro di lei mi lasciai completamente andare. Maisie mi faceva sentire sempre a casa e avrei voluto restare per sempre al suo fianco. Mi arresi a lei, alla nostra chimica. Iniziò a cavalcarmi lentamente, con passione. Le strinsi forte i morbidi fianchi, assecondando i suoi movimenti. I suoi capelli erano un groviglio umido, gli occhi ardenti di desiderio. La sentivo stringersi e pulsare attorno a me. L'orgasmo si faceva sempre più vicino, ma non volevo finire così presto. Si chinò e iniziò a baciarmi il collo, salendo fino alle mie labbra. Sentivo i suoi capezzoli duri e bagnati scivolare sul petto a ogni suo movimento. Abbassai una mano e premetti il pollice sul suo clitoride. La senti irrigidirsi ed esplodere. Percorsa da fremiti di piacere, urlò il mio nome sulle mie labbra, stringendosi attorno a me.

Un'ondata di calore mi travolse e raggiunsi l'apice. Maisie mi morse il labbro e si tirò su, restando a cavalcioni su di me. Eravamo praticamente uniti, ma ancora non mi sembrava abbastanza.

"Mi sei mancato," disse, con voce rauca.

"Anche tu."

Mi batteva forte il cuore. Sollevai una mano per accarezzarle il viso, sfiorandole le labbra. Feci un respiro profondo, soddisfatto. Il mio cuore era colmo d'amore e di gioia. Poi, all'improvviso, mi brontolò lo stomaco. Il rumore le strappò un sorriso.

Con una risatina, mi chiese, "Ci facciamo un'altra doccia, così poi passo a prendere Max e ceniamo?"

Annuii e si alzò. Di nuovo sotto la doccia, mi insaponò dalla testa ai piedi. Più tardi eravamo di nuovo a letto, mentre Max dormiva sereno nella sua culla. Ormai l'estate stava finendo, ma il cielo era ancora limpido e pieno di stelle che brillavano oltre il lucernario. Maisie si mise su un fianco, appoggiando la testa sul mio cuore.

"Devo dirti una cosa," disse sottovoce.

Iniziai a passarle distrattamente le dita tra i capelli.

"Che cosa?"

"Sono incinta."

Un vortice di emozioni mi travolse. Dopo la nascita di Max avevamo deciso di lasciare tutto al caso. Avevo preferito non pensarci troppo, per non rischiare di illudermi.

"Davvero?" le chiesi, voltando la testa per guardarla.

Al chiaro di luna era quasi eterea. Aveva gli occhi lucidi, colmi di lacrime. La strinsi forte a me, inalando il suo profumo. Con un respiro tremolante, annuì.

"Sì. Ho fatto cinque test di gravidanza e poi sono andata pure dalla ginecologa per esserne sicura. Mi ha consigliato di calmarmi, visto che non è la nostra prima volta."

Risi insieme a lei. Fece un altro respiro tremolante e le accarezzai la schiena. Prima di avere Max aveva paura di non essere portata per fare la madre, visto che la sua la ricordava solo vagamente. Sollevò la testa e mi guardò, accarezzandomi la fronte.

"Beh, ti conviene dirmelo subito se te ne basta uno," disse piano.

Capii subito cosa si nascondeva dietro le sue parole.

"Te l'ho già detto, non ti lascerò mai. I numeri non contano niente."

Chinò la testa e mi baciò dolcemente sulle labbra, prima di appoggiare la testa alla mia spalla. Dopo un po' la sentii addormentarsi fra le mie braccia, serena come non mai.

Nel prossimo romanzo della serie Il Fuoco Della Passione:

A seguire, la storia di Lucy e Levi in Un Fuoco Inesauribile. Levi è disposto a tutto per conquistare il cuore di Lucy e ci porterà con sé in quest'avventura da capogiro. "Un caleidoscopio di emozioni e due personaggi uniti da una chimica irresistibile." Non perderti la storia di Levi!

Prenota usando 1-Click: **Un Fuoco Inesauribile**

www.ingramcontent.com/pod-product-compliance
Lightning Source LLC
Chambersburg PA
CBHW070924190726
48292CB00004B/1100